民衆による
明治維新

西郷隆盛と山岡鉄太郎
と尊攘の志士たち

山本盛敬

はじめに

一般的に明治維新は、薩長土肥などの西南雄藩とそれらの藩の志士たちによって成し遂げられたと思われていると思う。確かに雄藩とその藩士たちが重要な役割を果たしたことは間違いない。しかし彼らの他にも、多くの無名の志士たちが活躍していたのであり、そのことを訴え、出来る限り彼らの業績を明らかにしたいと思い、本書を書き始めた。

幕末において彼ら志士たちは、幅広いネットワークを構築し、連絡や情報交換を行いながら、相互の連携を模索《もさく》していったと思われる。そのネットワークがどのようなものだったのか、全体像はなかなか掴《つか》みづらいが、極力本書の中での再現を試みた。

明治維新はそれらの多くの志士たちが困難にもめげず、多くの犠牲者を出しながらも、幾多の決起を諦めずに繰り返し、最終的に成し遂げたものである。しかしそんな偉大な志士たちの中で、特に相楽総三ら草莽の志士たちが、なぜ悲惨な最期《さいご》を遂げなければならなかったのか。同じような行動をしていながら、最終的に栄達を果たした者と処刑された者とを分けたものは何だったのか。その辺りを可能な限り追究することが本書の目的である。

さて、ここで本書における用語を整理しておきたい。まず一般に志士というと、薩摩の西郷隆盛や大久保利通のような藩士も志士だし、土佐の坂本龍馬や中岡慎太郎のような脱藩した者も志士だし、元は百姓や町人だった者が志士になったケースもある。つまり志士の概念とは、どの集団や階層に帰属しているかということは問題にせず、尊皇攘夷や倒幕といった目標を持ち、その目標に向かって行動している者を指すと筆者は考えている。次に「草莽」とは、簡潔にいえば「在野の志士」であるが、前述したように草莽は大きく分けて二種類存在する。一つは元々藩士や郷士だったが脱藩して浪士となった志士であり、もう一つは元々百姓や町人だった志士である。このような区分けを細かく行う理由は、同じ志士や草莽でも、その出自によって行き着く最期が異なってくるからであり、ここが本書の注目点の一つだからである。

また本書では平田国学に注目した。平田国学が志士たちを倒幕や討幕へと導き、また志士たちの連絡や情報交換にも重要な役割を果たしたと考えるからである。さらに幕府内尊攘派としての山岡鉄太郎にも注目した。彼が倒幕運動に重要な役割を果たしたと考えるからである。そして彼と西郷をそれぞれ尊攘派の東西の巨頭として登場させた。この二人が志士たちとどのように関わり合い、志士たちの活躍と最期にどのような役割を果たしたのか。そして明治維新の本質は何であり、本来はどうあるべきだったのか。この辺りが本書において筆者が最も訴えたかったことである。

最後に、今回の出版にあたりお世話になった、出版社ブイツーソリューションの社員の方々に、心から感謝の意を表させて頂きたいと思う。

平成二十九年十一月

山本盛敬

目次

民衆による明治維新

第一章　京都不穏

1

文久三年二月二十二日、京の都、三条河原。昔から三条河原は処刑場であり、また処刑された罪人の首を晒《さら》す場所であった。あの石田三成も六条河原で斬首された後、ここで首を晒されている。その三条河原で夜の闇に紛《まぎ》れ、数人の男たちが作業を急いでいた。

「早くしろ。ぐずぐずしていると町人どもに気付かれるぞ」

頭領らしき男が言うと、皆無言で作業を速めた。台が完成すると、罪状を記す制札《せいさつ》が別個に立てられ、また台を囲む竹の柵《さく》が立てられた。

「物《ぶつ》をここに置くんだ」

男たちは、大事そうに風呂敷から木像の首を三体取り出し、それぞれを台の上に置いて固定した。

「よし、完成だ」

頭領の言葉に、他の男たちは無言で頷《うなづ》いた。

「じゃ、手筈《はず》通りに散るぞ。いいな」

頭領が皆の顔を見て囁《ささや》くやいなや、皆足早に四方に散っていった。

頭領は一人で逃げ、隠れ家に辿《たど》り着いた。戸の外から予《あらかじ》め決められた合図をすると、中にいた初老の女が戸を開けて男を迎え入れた。家の中に入ると、漸《ようや》く女が口を開いた。

「忠行《ただゆき》、首尾はどうじゃやった。うまくいったかえ？」

「ああ婆さま、まずまずだ」

「そいつはいい」

「明日あれを見たら、江戸から来た浪士組の奴ら、驚くぞ」

「ほほほ、楽しみだねえ」

「早速、長州の奴らにも知らせてやるか」

「どうせ明日になれば、皆が知ることになるんじゃや。ほっとけばええ。それより、今後の身の振り方を考えておいた方がええぞ」

「そうだな。やはり京都守護職の会津藩がどう出てくるかだな」

「お前は暫《しばら》くここに潜《ひそ》んで、様子を窺《うかが》っていることじゃや」

「ああ、そうするよ」

世にいう「足利氏木像梟首事件」である。犯人たちは、京の等持院に祀られている室町幕府の足利将軍の木像の中から、初代から第三代にあたる尊氏、義詮《よしあきら》、義満の木像の頭部を切断し、三条河原に晒したのである。彼ら足利将軍たちの罪状は、
名分を正すの今日に当り、鎌倉以来の逆臣の一々について吟味をとげ誅戮《ちゅうりく》すべき処、こ

の三賊巨魁たるにより、よって先《ま》づ醜像に天誅を加ふるもの也
（「足利氏木像梟首事件」『国史大辞典』吉川弘文館　振り仮名は筆者）

浪士組が京に到着する態々《わざわざ》前日に、しかも浪士たちが必ず通る三条大橋付近に晒されたことからも、この事件が浪士組とその背後にいる幕府を威嚇《いかく》したものであることが窺《うかが》える。特に将軍の首を晒すということは、すなわち「倒幕」を意味するものであるから、犯人たちの主張は強烈であった。

忠行とは角田忠行《つのだただゆき》、婆さまとは松尾多勢子《たせこ》のことである。両人とも平田篤胤《あつたね》の没後門人であり、尊皇攘夷の志に燃えて上京していたのである。角田忠行は信州佐久郡長土呂《ながとろ》村の神官の家に生まれた。一方の松尾多勢子は旧姓竹村で、同じく信州の伊那郡山本村の庄屋の家に生まれ、十九歳の時に同郡伴野《ともの》村の松尾佐次右衛門に嫁した。多勢子は歌人でもあったことから「信州の歌詠み婆さん」や「勤王婆さん」と呼ばれ、多くの勤王派の公家や志士たちと交流し、慕われていたという。この事件時、忠行は二十九歳、多勢子は五十二歳であった。

他の実行犯たちは、三輪田元綱（伊予出身の神官）、師岡正胤（伊予出身の医師）、長尾郁三郎（京の木綿商）、小室理喜蔵（信夫、丹後の織元京問屋）、西川善六（吉輔、近江の肥料商）、高松趙之助（信州の豪農）他で、多くが平田門人であった。

この前年（文久二年）の六月に伏見の寺田屋で寺田屋事件があり、島津久光の率兵上京に呼応して決起しようとした有馬新七ら尊攘激派の薩摩藩士たちが、久光が派遣した同じ薩摩藩士の討手たちに討ち取られていた。また西郷吉之助（のちの隆盛）と村田新八は島流しにされていた。そのため、この木像梟首事件当時、薩摩藩の尊攘派の勢いは著しく低下していた。

一方、この寺田屋事件において長州藩は無傷であり、加えて公武合体を理論面で支えた「航海遠略策」の主唱者であった長井雅楽《うた》が文久二年六月に失脚し、長井は木像梟首事件の直前の文久三年二月六日に切腹していた。従って長井の失脚以後、長州藩尊攘派には勢いがあった。だから、在京の平田門人たちの多くは当時長州藩と接触していたのである。

2

文久三年二月二十三日、浪士取締役の鵜殿鳩翁《うどのきゅうおう》が率いる浪士組一行は中山道を通り、京に到着した。二月八日に江戸を出立したので、およそ二週間の旅路であった。浪士二百三十四名と取締役を合わせ、一行は総勢二百四十名ほどであった。この浪士たちの中には、後に新選組の局長となる近藤勇や副長となる土方歳三もいた。

浪士組は清河八郎の献策により、幕府が結成した組織であった。その目的は、上洛が決まっていた第十四代将軍徳川家茂《いえもち》の身辺警護である。そこで、まず浪士組が将軍に先んじて京に入ってきたのである。

その一行の中に、取締役の山岡鉄太郎の姿があった。鉄太郎はこの時二十八歳、初めて見る京の街に自然と気持ちは高ぶっていた。京の街が段々と近づいてくるにつれて、浪士組の取締役を命じられて以来の苦労が、走馬燈のように鉄太郎の頭を過《よぎ》った。浪士募集のため関東一円を東奔西走したこと。その甲斐あってか、かえって予想した以上の浪士が応募してきたため、資金繰《ぐ》りに困ったこと。今回の道中の宿場で、自分が泊まる宿が決まっていなかったことにへそを曲げた、芹沢鴨をどうにか宥《なだ》めたこと。

(これから先も何が起こるやら)

鉄太郎はこれまでの出来事を思い出し、無意識に口元が緩《ゆる》んだ。一行は、いよいよ三条大橋に差し掛かった。すると、橋の下を流れる鴨川の河原に、多くの人々が群がっているのが鉄太郎の目に留《と》まった。鉄太郎は身長六尺二寸(約一八八センチメートル)だったので、浪士組一行の中では頭一つ飛び出ており、だから河原の群衆を見つけることができたのである。取締役の立場上、鉄太郎は急いで河原へ降りて、群衆の間を割って中に入っていった。その群衆の前に置かれていたのは、例の木像の梟首であった。

(何だ、これは?)

即座には、鉄太郎は状況を呑み込むことができなかった。勿論、それらが梟首であることは一目瞭然《りょうぜん》であった。しかし、何かが違った。

（木像か。……足利三代の将軍たちか）

これらが何を意味するのか、そして犯人はどのような者たちか、自身も尊皇攘夷派である鉄太郎にはすぐに分かった。

（しかし、どうしたものか）

これら木像の梟首を前にして、どう対処したらいいのか、鉄太郎には分からなかった。

「ちょっとお侍さん、あんたの体が大き過ぎてよく見えねえよ。どいてくれよ」

人ごみの中の町人が怒鳴《どな》った。茫然《ぼうぜん》としていた鉄太郎は我に返った。

「あ、これは済まんことをした」

慌てて鉄太郎は引っ込んだ。それでも、今し方《がた》見た木像の梟首が頭から離れなかった。

（これは大変なことになるやもしれぬ）

これからの京での滞在を思い、鉄太郎の背筋に戦慄《せんりつ》が走った。結局、浪士取締役の鵜殿の判断で、一行はその場を発ち、目的地の壬生《みぶ》村に急ぐことにした。

壬生村に着いた浪士たちは、ひとまず会所や寺、郷士宅などに分散して宿泊することになった。しかし、浪士組の発案者である清河八郎は、浪士組を朝廷配下の尊皇攘夷実行部隊とする建白書を独断で作成し、朝廷に提出してしまった。

ただ、これは決して清河の独断ではなく、この清河の計画を鉄太郎は事前に知っており、それだけでなく協力者であったともいわれている。なぜなら清河八郎と山岡鉄太郎とは尊皇攘夷を信奉する「虎尾《こび》の会」の同志であり、その後鉄太郎は幕吏を斬った清河の逃亡を陰ながら助け、またともに浪士組結成にも尽力した朋友だったからである。

虎尾の会とは、清河が立ち上げた尊攘激派のグループで、設立当初は横浜を襲撃して夷人を殺傷することを目標にしていた会である。メンバーには、この浪士組に加わっていた者の中では、鉄太郎と同じ幕臣で取締役の松岡万《つもる》や、石坂周造、池田徳太郎、村上俊五郎がいた。また浪士組には加わっていなかったが、後に天誅組に加わる安積《あさか》五郎、薩摩の伊牟田尚平、益満休之助、土佐の間崎滄浪《そうろう》らがいた。

清河が提出した建白書は朝廷によって採択された。ここに浪士組は、朝廷配下の攘夷実行部隊となったのである。

3

この木像梟首の一件を聞いた京都守護職で会津藩主の松平容保《かたもり》は激怒し、犯人を捕らえ、厳罰に処すよう厳命を下した。また容保はこれまで、過激な浪士たちとも対話していこうという、一種の融和政策を取っていた。それがこの事件以降、容保は過激な浪士たちとの対決路線に舵《かじ》を切ったのである。

犯人は容易に判明した。犯行に加わっていた者の中に、会津藩の間諜《かんちょう》が混ざっていたのである。間諜は名を大庭景範といった。この大庭の密告により、容保は犯人が平田門人であると断定し、彼らの隠れ家を急襲して一斉検挙に及んだ。ほとんどの犯人たちが捕らえられたり、自害したりしたが、角田忠行は偶々《たまたま》外出していたこともあり、運よく逃れることができた。

その頃、松尾多勢子は同志である池村久兵衛宅にいた。池村は多勢子が勧めて平田門に入門させた人物で、京で伊勢屋という生糸問屋を営んでいたが、商売柄各種の情報が集まるため、いつしか平田門人間の情報ネットワークの重要な中継点になっていた。

二月二十七日の早朝、伊勢屋に平田門人である同志たちの捕縛の報せが届いた。この時、ちょうど伊勢屋には平田門の重鎮である権田直助も居合わせたので、直助と久兵衛、他の平田門人らは、今後について急いで話し合った。

「もうここも危ない。早く逃げた方がいい」

「我々は男だ。すでに覚悟はできている。だが多勢子は女だ。あいつは逃がしてやりたい」

直助が多勢子の身を案じた。直助は多勢子よりも二歳年上だった。

「しかし女の身で逃げるとなると、どこへ逃げればいい？」

「もはや京にいては危険だ。だから、できれば故郷の信州へ帰してやりたいが、それも危険だ。主要な街道は全て幕府方に押えられていると考えた方がいいからな。かと言って、険《けわ》しい山道を婆さんに歩かせる訳にもいかないし」

一同が思案に暮れていた時、長州藩から願ってもない報せが届いた。多勢子を長州藩邸で匿《かくま》ってもいいというのである。長州の同志たちが動いてくれたのに違いなかった。直助と久兵衛らは急いで多勢子のいる部屋に向かった。しかし皆が多勢子の部屋を覗《のぞ》き見ると、慌てる男たちを尻目に多勢子は悠々と髪を結い直し、機密文書を火鉢で燃やしていた。

「多勢子さん、早くお逃げ下さい」

久兵衛が頼むように言った。

「いえ久兵衛さん、もはや女の足では遠くには逃げられまい。だから捕吏が来たら、私は甘んじて捕まるつもりでおるから、せめて見苦しくないように身支度《みじたく》をしとるんじゃ。なあに、いざとなったら単に命を捨てるだけのことじゃ。どうかご心配なさらんで下され」

まるで男のように、多勢子は言い放った。

「そんなこと、おっしゃらずに」

「じゃが久兵衛さん、逃げるといったって、逃げる所など無かろう」

「実はな、多勢子。長州藩がお前を匿ってくれると言うとるんじゃ」

直助が諭《さと》すように言った。こうして多勢子は長州藩邸に匿われることになった。

捕獲された容疑者たちの釈放要求も高まった。これも、長州を中心とする尊攘激派たちの水面下での運動の成果だった。長州の同志たちは、三条実美らの公家たちに根回しをし、

——彼《か》の者らの行為自体は野蛮だが、それも尽忠報国の志から生じたものである。その

志を否定したら、今後忠義の士は死に絶えてしまう。

といったような主張を朝廷内で行わせた。

これに対して京都守護職の松平容保などは、

――本件は、表面上は足利将軍を対象にしているが、暗に徳川将軍家を批判しているも同然であり、不届き至極《しごく》である。

と反論した。この辺り、『忠臣蔵』において赤穂浪士たちが行った仇討ちが、果たして忠義か否かといった議論を彷彿《ほうふつ》させるが、結局将軍家茂の上洛を目前に控え、いたずらに尊攘激派を刺激しない方がいいということに幕府側の大勢が決し、容疑者たちの処分は「諸藩へのお預《あず》け」という極めて軽微なものになった。

4

朝廷配下の部隊となった浪士組は、江戸に帰還することになった。しかし、一般の浪士組員たちは、浪士組が朝廷配下となったことすらまだ知らされていなかった。そこで、二月二十九日、清河は組員たちに説明するため、組員全員を壬生の新徳寺に集めた。新徳寺には、浪士組を束《たば》ねる鵜殿や鉄太郎、そして清河らの幹部が逗留《とうりゅう》していた。

全員が集まると、早速清河が自信満々に話し始めた。

「勅命により、これより我々は朝廷配下の部隊として江戸に帰還し、攘夷に備えることになった。ご存知の通り、昨年の生麦の一件より、いつ江戸近辺が夷人《いじん》に襲われるか分からない状態が続いている。よって、我々はその夷人たちから江戸を守るのである」

一同は静まりかえって聞いていた。皆、今しがた清河が言ったことを、頭の中で必死に理解しようとしていたが、容易には理解できないようだった。

――確か、我々は将軍の警護のために京に来たのではなかったか。

ほとんどの者はそう思っていた。だから、「何か変だ」とは多くの者が思ってはいたが、それでも皆、何も言い出せずにいた。何か異を唱えたら「勅命」に反するのではないかと、皆漠然と思っていた。しかし清河は、皆の沈黙を了解のサインと解した。

「では、ご異存はございませんな」

清河が一同を見回した。その時、静寂《せいじゃく》を芹沢鴨が破った。

「異議あり」

「何ですか、芹沢さん」

「俺たちは将軍の警護のためにここまで来たんだ。話が違うじゃねえか」

「状況が変わっただけです」

「勝手にコロコロと変えられたんじゃ、たまんねえよ」

「勝手ではない。勅命による変更です。それとも、あなたは勅命に逆らうお積《つも》りか」

二人の間に、一触即発の緊張した空気が漲《みなぎ》った。咄嗟《とっさ》に、間に鉄太郎が割って入った。

「まあまあ。二人ともそう興奮なさらずに」

幾分落ち着きを取り戻した清河が訊いた。

「ならば、芹沢さんはどうなさりたいのか」

「俺は京に残る。残ってあくまで将軍警護を行う」

「あなた一人で何ができるんです」

その時、芹沢に同調する者が現れた。新見錦ら芹沢と同じ水戸浪士の一団と、近藤勇、土方歳三ら江戸の試衛館道場の一団であった。

こんなに造反《ぞうはん》者が出るとは思っていなかった清河は、さすがに驚いたが、それでも落ち着きを取り戻して造反者たちに言い放った。

「しかし、たとえ京に残ったとしても、この浪士組から離れると、君らは一介の浪士に逆戻りしてしまうのですぞ。そんなただの浪士に、誰が将軍の警護を任せるんですか。それに、京での日々の生活の糧《かて》はどうされるのか」

「そんなこと、余計なお世話だぜ。御免」

芹沢とその一団は、その場を立ち去った。慌てて近藤ら試衛館の一団も続いた。

(どうせ、こいつら金が無くなったら、民家に押し入って強盗まがいのことをするんだろ)

と思っていた清河は、芹沢たちが出て行くのを苦虫《にがむし》を噛《か》み潰《つぶ》したような顔で見ていた。

徳川家康が関ケ原に際して、豊臣恩顧の家臣団を手中に収めた小山評定と構図は似ているが、清河には家康ほどの細心さと老獪《ろうかい》さは無かった。

結局、最終的には二十四名が京への残留を希望した。そうして、江戸へ帰還する浪士組の江戸への出立は、三月十三日と決まった。二月二十三日に入京したので、わずか二十日ばかりの京での滞在であった。

5

三月上旬。鉄太郎は壬生の新徳寺から御幸町《ごこまち》三条に向かった。京を離れる前に、どうしても会っておきたい人物がいたからである。目指す家に着き、鉄太郎が取次を求めると、その人物が玄関に現れた。藤本鉄石であった。

「先生、ご無沙汰しております」

「はて、どなたかの」

「山岡鉄太郎でございます」

「ん。おお、鉄太郎か」

「はい」

「よく来てくれた。まあ、上がんなさい」

「失礼します」

二人は客間で相対して座った。しばらくの間、二人は互いにじっと観察し合っていた。

藤本鉄石は岡山藩を脱藩した尊攘派の志士であり、書画の名人であった。その書画を売りながら諸国を遊歴した後、伏見で私塾を開き、学問と武芸を教授していた。嘉永三年、鉄太郎は伊勢詣《もう》でに行った際に鉄石に会い、尊皇攘夷思想について教えを受けていたのである。鉄石は鉄太郎よりも二十歳年上であった。

先に口を開いたのは鉄石だった。

「鉄太郎、いや、浪士組の取締役殿に『鉄太郎』は失礼かのう」

「いえ先生、鉄太郎で結構でございます。その方がかえって懐《なつ》かしゅうございます」

「ははは、そうか。では鉄太郎、お主と会ったのはいつだったかのう」

「拙者が十五の時でしたから、かれこれ十三年前になろうかと」

「そうか。それにしても立派になった。儂《わし》もお主の噂《うわさ》は度々聞いておってのう。陰《かげ》ながら、お主の出世を喜んでおったのじゃ」

「……」

鉄太郎は照れて、畳に視線を落とした。

「しかし、よくこの家が分かったのう」

「清河さんから聞きました」

「おお、八郎か。あ奴は元気か」

「はい。本当は今日も二人でお邪魔したかったのですが、清河さんは急な用事ができてしまいまして」

「そうか。まあ、八郎には昨年来度々会っているからな」

鉄石は諸国を遊歴した際、弘化三年に庄内の清川村を訪れて清河八郎の生家に滞在し、八郎にも尊皇攘夷思想を説いている。また、昨年（文久二年）には島津久光の上洛に合わせ、諸藩の尊攘激派とともに八郎と鉄石も立とうとした。だが久光が、薩摩藩の尊攘激派である有馬新七などの誠忠組激派を寺田屋で断罪したことにより、決起の計画は頓挫《とんざ》してしまったのである。

「ところで、先生」

鉄太郎は居住《いず》まいを正し、少し強張《こわば》った表情で声を低くして話し始めた。

「何じゃ」

「ここだけの話ですが、先月の木像梟首事件、あれに先生は関わってはおられませんでしょうな」

鉄太郎は心配そうに鉄石を見た。

「ああ。事前に、それとなく聞いてはいたがな」

鉄石は松尾多勢子と懇意《こんい》にしており、多勢子の日記によれば、事件の前月の一月二十九日にも、鉄石の家で二人は会っていた。その時鉄石の家には他に四人の同志がいたらしい。

「先生、今後もどうか過激な行動はご自重《じちょう》下さい」

「分かっておる」

少しの間、静寂な時間が流れた。

「ところで先生は、会津藩が浪士を募集しているのをご存知ですか」

「いいや。お前さんとこの浪士組とは別にか」

「はい。会津は会津で幕府とは別に、過激な尊攘派浪士に対抗すべく、公武合体に適《かな》う浪士を募集しているのです」

「ほう」

「いかがですか、先生。それに応募されては」

「じゃが、儂は尊攘派じゃ。幕府の下に就《つ》きたくはないのう」

「いいえ、幕府ではなく会津藩です。実は、拙者は浪士組を率いて、もうじき江戸に帰らなくてはなりません。しかし、芹沢や近藤らの一派は京に残ります。ただ、拙者は京に残る彼《か》の者らのことが心配なのです。特に芹沢などは気性が激しく、いつ暴発するか分からないと拙者は思っています。ですから、是非先生のような良識と胆力《たんりょく》を持った方に芹沢ら残留組の目付役になって頂き、彼の者らの手本、抑《おさ》え役になって頂きたいのです」

「ふーむ。しかし、会津藩は儂が尊攘派だと知っておるかもしれんぞ。だから、たとえ儂が応募しても、先方が嫌がるかもしれん」

「それは分かりませんが、それでも会津藩が過激浪士の対策に苦慮していることは確かです。ですから、もしかしたら渡りに船と考え、採用してくれるかもしれません。もちろん、先生が承諾《しょうだく》して下さるのであれば、拙者からも先生を会津藩へ推薦させて頂きます」

「うん、分かった。少し考えさせてくれ。いきなり宮仕えをしろと言われてもなあ」

「よいご返事を期待しております」

この後しばらく歓談して、鉄太郎は壬生の新徳寺に帰っていった。

鉄太郎ら江戸へ帰還する浪士組は、三月十三日に京を出立した。その同じ十三日に藤本鉄石は、黒谷《くろだに》の金戒光明寺《こんかいこうみょうじ》に駐屯している松平容保に「浪士頭」として拝謁したと、『会津藩庁記録』に記されている。

一方新選組も、その前日の十二日に「会津藩預かり」となっているので、鉄石と新選組は、ほぼ同時に会津藩に召し抱えられたことになる。

6

三月、河原町長州藩邸。伊勢屋から逃げてきた多勢子はすっかり落ち着き、長州藩邸で暮らしていた。この日も多勢子は、久坂玄瑞《くさかげんずい》や品川弥二郎ら長州の若者と歓談していた。

「しかし、高杉さんも大したもんだねえ」

多勢子が茶を啜《すす》りながら言った。まるで我が家にいるような落ち着きぶりであった。

「何しろ将軍の目の前で、『よっ、征夷大将軍』なんて言っちまうんだから」

三月十一日、孝明天皇が上賀茂神社に攘夷祈願のために行幸した。高杉の言葉は、その際に発せられたという。

「久々に胸がすうっとしたよ。ここにお世話になって以来、ろくに外出もできないからね」

「婆様《ばあさま》、もうしばらくの辛抱ですよ。かなり木像梟首事件の捜索は下火になっているようです。それに賀茂への行幸も終わったので、幕府の奴らも一息ついている頃だと思います」

「外出が自由にできないこと以外は、何不自由なく生活させてもらって本当に感謝しているけど、やっぱり早く故郷に帰りたいねえ」

多勢子が故郷の伊那を懐かしむように、遠くを見るような目をした。

「何たって第三代の家光以来、二百三十年ぶりらしいです。将軍が京に来るのって」

「その、遥々《はるばる》江戸からやってきた将軍が、天子様のお供をするってんだから、時代も変わったもんだねえ」

「来月には石清水八幡宮への行幸もあります」

「そこで、いよいよ御上《おかみ》が攘夷を命ずる節刀を将軍に与えなさるんだろ」

「はい。これでもう幕府は逃げられません。攘夷せざるを得なくなります」

遠くの寺から鐘《かね》の音が聞こえてきた。京には実に寺が多い。

「ところで、また島津三郎（久光）が京に来ているらしいじゃないか」

「はい。そのようです」

「今度は何しに来たんだい」

「さあ」

「あんな奸物、早く薩摩に帰りゃいいんだ。あたしゃ、どうしても三郎って男が許せないんだよ。去年の寺田屋の恨みは、ちょっとやそっとじゃ忘れられないよ」

「はい。多くの惜《お》しい人材を失いました」

「全く。先代の斉彬さんと西郷さんがいた頃の薩摩は、頼もしかったけどね。今の薩摩はまるで出涸《でが》らしのお茶と一緒だよ」

言い終わると、多勢子は茶を一気に啜った。その時、一番端に座っていた男がぼそっと口を開いた。

「すんもはん」

「何であんたが謝るんだい」

「俺《おい》は薩摩出身でごわす」

「あ、そうだったっけ。ごめんごめん、忘れとった。あんたは別じゃ、半次郎さん」

中村半次郎、後の桐野利秋である。

「だけど、西郷さんはいつ帰って来るんだい。まだ南の島にいるんだろ」

「俺は詳《くわ》しいことは知りもはん。じゃっどん、まだ西郷《せご》さあが帰って来るっちゅう話は聞いておいもはん」

中村は寺田屋事件後、中川宮を警護する役目を命じられ、以来ずっと京に滞在していた。だから中村は諸藩の志士と交流があり、特に長州藩士たちとは懇意にしており、よく長州藩邸にも出入りしていたのである。

多勢子の眼力は鋭《するど》く、脱藩の志士と称して長州藩邸に潜入した若者二人を、隠密《おんみつ》と見破って詰め腹を切らせ、翌日品川弥二郎に協力してもらい、遺体を野辺送《のべおく》りにしたという。

その後、多勢子の長男誠と次男盈仲《みつなか》に加え、中津川の平田門人で同志である間秀矩《ひでのり》、市岡殷政《しげまさ》が上洛し、伊勢屋から多勢子が長州藩邸に匿われていることを知った。そこで多勢子引き取りの交渉を長州藩邸と行い、安全面から日程を慎重に選び、三月二十六日に多勢子は藩邸から伊勢屋に送られてきた。そして二十九日に京を発ち、慎重を期して一旦大坂に向かい、大坂から大和、伊勢と遠回りをして五月四日に故郷の信州伊那に辿《たど》り着いた。

第二章　天誅組

1

四月十一日に行われた石清水八幡宮への行幸では、将軍家茂が病気のため欠席したので、将軍後見職の一橋慶喜が家茂に代わって節刀を受領することになった。だが、慶喜も下痢のため儀式に参加できず、結局孝明天皇から節刀を受領することができなかった。二人揃《そろ》っての病気など、仮病の可能性が高いであろうが、とにかく節刀を受領しなかったので、幕府は攘夷実行を誓わずに済んだ。

しかし、それ以前に幕府は朝廷からの圧力に耐えかねて、攘夷実行期日を五月十日としていた。そして長州藩だけがその期日を守り、五月十日に下関を通る外国船を砲撃した。これによって尊攘派は再び勢い付き、ついに八月十三日に大和行幸の詔《みことのり》が下ったのである。

八月十三日、京、御幸町三条。藤本鉄石宅。

「ついに大和行幸が決まったか」

「はい」

鉄石と二人の弟子たちは、喜びのあまり歓声を上げた。二人の弟子とは、土田衡平《こうへい》と田中愿蔵《げんぞう》であった。土田は出羽矢島藩の出身、田中は水戸藩の出身だった。田中は水戸藩主慶篤《よしあつ》に随従《ずいじゅう》して京に来たが、藩主が江戸に帰った後も京に残ったのである。この時土田は二十八歳、田中はまだ二十歳であった。二人は翌年の天狗党の乱に参加することになる。

「ならば、かねてからの打合せ通り、我らは『皇軍御先鋒』を組織し、挙兵する」

「はっ」

「先生、会津藩より頂いた『浪士頭』の方は宜しいのでしょうか」

「浪士頭？　大和行幸では、御上は攘夷親政をお誓いになられるんじゃぞ。ご親政ともなれば、もはや幕府など必要なくなる。つまり、倒幕を宣言なされるようなもので、我らはその御先鋒じゃ。その我らに、浪士頭など何の意味があるんじゃ。元吉」

鉄石は従者の福浦元吉を呼んだ。

「はい」

「すぐ出立の支度をせよ。我らは軍資金調達のため、一足先に河内へ行く。衡平と愿蔵、お前たちもじゃ」

「はっ」

四人は急いで支度をした。

八月十四日、方広寺に天誅組の主《おも》だった組員たちが集合した。集まったのは、主将で公家の中山忠光をはじめ、総裁で土佐出身の吉村虎太郎、監察で同じく土佐出身の那須信吾ら四十名であった。しかし、藤本らの姿はそこにはなかった。

方広寺は戦国時代に豊臣秀吉の発案によって建てられた寺で、後に豊臣秀頼が修復した際、鐘に刻まれた「国家安康」「君臣豊楽」の文字が、家康と徳川家を冒涜《ぼうとく》するものだと家康に非難されたことが、大坂冬の陣の切っ掛けになったことはあまりにも有名である。その豊臣家ゆかりの寺に、倒幕、つまり反徳川を掲《かか》げる天誅組が集合したのである。

吉村虎太郎は土佐藩を脱藩した土佐勤王党員だが、彼が天誅組の変で主導的な役割を果たしたとされている。那須信吾も土佐勤王党員で、この前年の文久二年五月に勤王党の同志である大石団蔵、安岡嘉助《かすけ》とともに、土佐藩執政の吉田東洋を暗殺し、直後に土佐藩を脱藩した人物である。安岡嘉助も天誅組に参加していた。

天誅組一行は方広寺を出立すると伏見に行き、船に乗って淀川を下り、大坂に向かった。途中で一行は船を乗り換え、安治《あじ》川を下って天保山沖に出て堺港に入り、堺港に上陸した。八月十六日の早朝であった。

一行は西高野街道（現在の国道３１０号線）を進み、狭山藩を通って富田林《とんだばやし》の豪農で志士である水郡《にごり》善之祐の屋敷に着いた。ここで善之祐をはじめとする河内の同志十三名が加わった。十六日の夜は三日市村で休息し、翌日観心寺《かんしんじ》に着くと、軍資金集めのために遅れた鉄石ら四名が一行に合流した。この観心寺には、建武の新政時に後醍醐天皇に忠誠を尽くした楠木正成の首塚があり、一行は参拝をして出発した。目の前の千早峠を越えれば、目指す大和の五條はすぐである。

一行が大和に入ると、大和出身の同志たちが加わった。天誅組一行の最初の標的は、南大和約八万石を領する五條代官所であった。代官の名は鈴木源内といった。

天誅組が五條代官所を襲撃したのは十七日午後四時頃であった。彼らは鈴木代官に対し、自分たちは勅命によって結成された皇軍御先鋒であるから、ただちに所領を引き渡すよう要求した。しかし、当然の如く代官がこの要求を断ると、そくざに彼らは武力行使に打って出た。不意を衝《つ》かれた代官所はなす術なく、呆気《あっけ》なく鈴木代官他三人が討ち取られてしまった。

天誅組は代官所からほど近くにある桜井寺を本陣にした。そして村役人を呼び出し、村人に危害は加えないからと安心させ、代官所から武器や書類、衣服、家財道具などを運び出させた。運び出しが完了すると、天誅組は代官所に火を放った。ここに、幕末最初の倒幕の火の手が上がったのである。

翌十八日には、桜井寺の門前に「五條御政府」と書かれた表札が立った。そして討ち取られた鈴木代官他三名と自刃して果てた一名の、計五名の首が仕置場《しおきば》に三日間晒《さら》され、倒幕に百姓たちを動員すべく「年貢半減令」を発した。この時が、天誅組にとって最高の瞬間であった。

2

十八日の夜、京の三条実美の使者として平野国臣と安積《あさか》五郎が桜井寺に着いた。大事な行幸を前に、勝手な行動を慎《つつし》むよう諭《さと》すためだった。元より天誅組の決起は、決して京坂の尊攘激派の総意ではなかったのである。しかし代官所はすでに襲撃されており、もう手遅れだった。

がっくりうな垂《だ》れる平野と安積を前に、鉄石が言った。

「この上は、お二人とも我らに加勢しなされ」

「しかし、それでは京の三条公に何と申し開きしたらよいか」

二人は苦渋の表情を浮かべた。たしかに二人とも尊攘激派の同志だったので、加勢したい気持ちは山々であった。その彼らの気持ちを見抜き、鉄石がとどめを刺した。

「今参加しないと、必ず悔いを残すことになりますぞ。清河のように。お二人ともご存知のはずじゃ、八郎の無念を。あれほどの才を持ってしても、呆気なく幕府の犬に殺されてしまいおった。あれでは、まさに無駄死にじゃ。今頃八郎はあの世で、悔し涙を流しているることじゃろう」

二人はうな垂れながら聞いていた。安積は微《かす》かに震えていた。泣いているようだった。

「これは、八郎の弔《とむら》い合戦でもあるのじゃ。……では、加勢して頂けますな？」

「はい」

安積は小声で答えた。一方の平野は、

「されど、誰かが三条公にご報告せねばなりません。ですので、拙者はやはり」

「あい分かった。それでは安積君はお借りしますぞ」

平野は報告のため帰京し、安積は天誅組への加勢のため残ることになった。

清河八郎は、浪士組が京から江戸に帰った後の文久三年四月十三日に、幕臣の佐々木只三郎らに暗殺されていた。平野は寺田屋事件の発端となった尊攘激派の決起計画にも清河とともに関わっており、また安積は清河が主宰《しゅさい》した虎尾の会の会員であり、二人とも清河とは縁が深かった。

しかし、翌十九日になって平野が京に戻ろうとした時、別の京からの使者が桜井寺に到着した。朝廷での政変を告げる使者だった。朝廷では、これまで主導権を握っていた尊攘派の長州藩が、公武一和派の薩摩藩と会津藩に取って代わられ、攘夷親政を目指した大和行幸も中止になったということであった。世にいう八月十八日の政変である。平野は慌《あわ》てて京に向かった。

「一体、どういうことなんだ」

と天誅組の誰もが思ったが、すでに五條代官所を襲い、代官を討ち取っているだけに、

「もう後《あと》には退《ひ》けない」

と皆思っていた。

そして評議の結果、自分たちはあくまで、大和行幸の真の目的であった倒幕を目指して徹底抗戦し、再び政局が尊攘派寄りになるのを待つことになった。一夜にして政局が尊攘派から公武一和派に代わったのであれば、その逆もまた可なり、との考えからであった。

しかし、時間が経って続々と政変の詳細が明らかになるにつれ、皆口には出さないが、次第に悲観的な見方が支配的になってきた。

(島津三郎め。またしてもやりおったな)

鉄石は人知れず拳を握りしめた。

(西郷さえおれば)

だが、西郷はまだ沖永良部島《おきのえらぶ》にいた。鉄石は弟子の土田衡平と田中愿蔵を呼んだ。

「我らの運命は決まった。公武一和派が政権を取ったとなれば、我らはただの反乱軍じゃ。もはや倒幕など夢のまた夢よ。それに三条公をはじめとする七卿までが長州に落ちたとなれば、そう簡単には政権を奪い返すこともできまい」

「……」

二人は無言で聞いていた。二人も薄々そう感じ始めていた。

「だから、お前たちは落ち延《の》びよ」

「えっ」

二人は耳を疑った。

「なぜですか。ここまで来た以上、最期まで先生と行動をともにさせて下さい」

二人は哀願した。

「お前たちはよく戦ってくれた。こうして代官所を落とすこともできた。もう十分じゃ」

「しかし」

「ここはお前たちの死に場所ではない。お前たちには水戸で新たな舞台が用意されておる」

尊攘派のネットワークにより、水戸での同志たちの動きを、すでに鉄石は掴《つか》んでいた。

「ならば、先生もご一緒に」

「それはできぬ。仮にも儂《わし》は天誅組総裁の一人じゃ。部下たちを見捨てる訳にはいかぬ」

「先生」

二人はなおも食い下がった。

「よいか。人には死に時というものがあり、これを逃してはならぬ。して、今が儂の死に時じゃ。儂は倒幕の魁《さきがけ》として死ぬが、今後儂に続く者が出てくれれば、決して儂は死んだことにはならん。さあ、早く行け」

なおも渋る二人に鉄石が告げた。

「今後何か困ったことがあったら、幕臣の山岡鉄太郎を頼るがよい。あ奴なら決して悪いようにはしまい」

すると、側にいた那須信吾が言った。

「甲州の八代《やつしろ》郡に、武藤外記《げき》と藤太という神主の親子がいる。この二人は真の同志だから、いつでも頼るといい。あと、この親子の家の近所に、黒駒勝蔵という博奕《ばくち》打ちがいるが、この男も信頼できる同志だ」

「さあ、早う。行かぬなら、お前たちとは絶交じゃぞ」

これから死ぬ人が「絶交」と言うのも可笑《おか》しな話だが、そのユーモアが鉄石の魅力の一つだった。鉄石に促《うなが》され、二人は後ろ髪を引かれる思いで、京へと戻っていった。

那須信吾は、文久二年四月に土佐藩参政の吉田東洋を暗殺して脱藩した後、一時甲州八代郡上黒駒村の武藤家で食客《しょっかく》となって潜伏していたという。

当時、尊攘激派の西郷に対する期待は大きく、尊攘激派の中心人物の一人で久留米藩の神官である真木和泉《いずみ》は、尊皇攘夷を切々と訴え、決心を促す手紙を沖永良部島の西郷の元へ送っている。

かつて真木は、島津久光の率兵上京を討幕挙兵の好機と考え、文久二年二月二十七日に鹿児島を訪れ、大久保利通や有馬新七など誠忠組の志士たちと面会した。しかし、この時真木は西郷とは会えず、三月に鹿児島を発って上京した。四月二十三日の寺田屋事件により、真木は寺田屋で有馬新七らと会《かい》しているところを捕らえられ、久留米に送還されて禁固に処せられた。

真木が薩摩を訪れた際、西郷は島流しを許されて、すでに奄美大島から帰郷していた。西郷は久光に召されたが率兵上京に反対し、一方久光は西郷の建言を採用しなかったので、西郷は足が痛むと称して指宿《いぶすき》に湯治に行っていたのである。この久光に召された時、西郷は久光を「地五郎《じごろ》」と呼んだといわれているが、建言が採用されなかったことを不満として、いわば久光への「当て付け」として指宿へ向かったのであろう。

ここで「倒幕」と「討幕」の違いを整理しておく。吉川弘文館『国史大辞典』の「討幕運動」によれば、「倒幕は幕府制度廃止一般を意味する広い概念であり、したがって討幕（武力倒幕）のほかに大政奉還論・公議政体論なども含まれる」とされている。ゆえに本書においては、明確に武力倒幕を指す場合のみ「討幕」と記述しているが、それ以外の漠然としている場合は「倒幕」と記している。

その後、鉄石が案じた通り天誅組は賊徒として、紀州藩と津藩、彦根藩からなる討伐軍によって攻撃された。軍隊としての統制力に欠ける天誅組は、次第に劣勢になり、追い詰められていった。そして朝廷から天誅組を逆賊とする通達や、天誅組の追討令が発せられると、天誅組に加わっていた十津川《とつかわ》郷士たちが天誅組を離脱した。すると、主将の中山は急速に戦意を喪失し、天誅組を解散した。

しかし解散したからといって、討伐軍の攻撃が無くなる訳ではなく、討伐軍による天誅組包囲網は次第に狭《せば》められていった。そこで天誅組の幹部たちは軍議を開き、今後の対応を協議した。一番の懸案は、やはり主将の中山忠光を如何《いか》に落ち延びさせるか、であった。

軍議の結果、天誅組内で決死隊を募《つの》り、彼らが敵陣に斬り込みをかけている隙《すき》に、中山のいる本隊が脱出するという作戦を立てた。この決死隊に、那須信吾ほか五名の、計六名が志願した。

九月二十四日、決死隊に加わって進撃した那須信吾は、吉野の鷲家《わしか》村で銃弾を浴びて戦死した。翌二十五日には、同じく鷲家村で藤本鉄石と従者の福浦元吉が脇本陣に斬り込み、紀州藩士たちとの激戦の果てに討ち死にした。

三総裁のうちの他の二人である吉村虎太郎と松本奎堂《けいどう》も戦死し、一方主将の中山忠光は大坂を経て長州に逃れた。こうして天誅組は壊滅し、決起は失敗した。

三総裁と那須ら計十三名の首は京へ運ばれ、十月に粟田口《あわたぐち》に晒された。

長州に逃れた中山忠光は、支藩である長府藩で匿われていたが、第一次長州征伐によって対幕府恭順派が長州藩や長府藩内で台頭してくると、後難を恐れた恭順派によって元治元年十一月十五日に暗殺された。

3

衡平と愿蔵の二人は、何とか無事に京に辿り着いた。天誅組がまだ大和で戦ってくれていたお陰《かげ》で、世間の耳目《じもく》は大和に集まっており、京での幕府方の探索は手薄だった。

「俺は一旦藩邸に入るが、土田さんはこれからどうする？」

愿蔵が訊《き》いた。愿蔵は水戸藩士であった。

「土田さんさえ良ければ、水戸藩邸に来てもいいんだぜ」

愿蔵は衛平より八歳年下だったが、よく衛平と対等な話し方をした。豪胆《ごうたん》なのか傍若《ぼうじゃく》無人《ぶじん》なのか、そこが愿蔵の長所であり短所でもあった。衛平は出羽の矢島藩をすでに脱藩した浪士だったので、自藩邸には潜伏できなかった。それに配慮した愿蔵の気配りだった。

「いや、俺は早く京を離れようと思う。これから益々探索《たんさく》が厳しくなるが、そうなってしまっては、もう京を脱出することも叶わなくなってしまう。だが今ならまだ大丈夫だろう」

「分かった」

「何かあったら連絡してくれ。俺は以前寺子屋をしていた足利の住まいに、また戻るから」

すぐに二人は別れ、愿蔵は水戸藩邸へ向かい、衛平は京を離れた。それでも用心のため、近江に入るまでは間道を歩き、草津から中山道に進んだ。衛平は、那須が教えてくれた甲州を訪れようと思っていた。だから中山道に入ったのだ。

関東の尊攘派であれば、甲州の武藤家を知らない者はいない。衛平も名前だけは知っていた。何でも武藤家は檜峯《ひみね》神社の世襲の神主であり、甲斐の武田家の滅亡後、徳川家康が小田原の北条家と戦った際、武藤家は家康に味方して戦を勝利に導き、その恩賞として檜峯神社の社領を安堵するお墨付きを賜《たまわ》ったのだという。だから地元の代官も、東照神君のお墨付きを持つ武藤家には一目置かなければならず、勝手に社領や屋敷内に立ち入ることはできないのだという。それをいいことに、屋敷内には浪人や博徒などが食客として、つねに五十人くらい滞在しており、いつしか地元では武藤家の屋敷を「梁山泊」と噂《うわさ》するようになったという。

下諏訪宿まで来ると、中山道と甲州街道に道が分かれるので甲州街道を進み、石和《いさわ》宿で街道を外れた。南の方角にある山を目指し、そのまま道なりに歩いていくと、やがて山の麓《ふもと》に広い敷地を持つ立派な屋敷が見えてきた。これが武藤家の屋敷で、八反田《はったんだ》という場所にあったので八反屋敷と呼ばれていた。

衛平が家人に取り次ぎを頼むと、客間に案内された。しばらくすると、老人と中年の男性二人が部屋に入ってきた。武藤家当主の武藤外記と息子の藤太であった。衛平が自己紹介をすると、

「お前さんは、どこから来なさった？」

外記が衛平に訊いた。

「京より参りました」

「ほう、京からか。京では何を」

一瞬、衛平はどのくらい秘密を打ち明けようか思案したが、意を決した。

「大和の天誅組の決起に参加しておりました」

「ほう。それで」

外記は顔色一つ変えずに訊いた。

「拙者は藤本鉄石先生とともに参加したのですが、八月十八日の政変で尊攘派が公武一和派に取って代わられてしまったので、先生に命じられて落ちて参りました」

「うん。儂も政変のことは聞いておる。残念でしたな」

「その際、土佐の那須信吾さんに武藤様をご紹介頂き、こうして参った次第です」

「那須さんか。それで、まだ天誅組は戦っているのかね」

「詳《くわ》しいことは分かりませんが、恐らくは」

少しの間、外記は黙《だま》って考え込んでいた。

「いや、政変によって尊攘派が退けられたのであれば、もはや天誅組に勝ち目はなかろう。遅かれ早かれ、彼《か》の者らは皆討ち死にじゃ。さすが鉄石殿、いいご判断じゃ。あなたも、鉄石殿に感謝しなされ」

「はい」

「那須さんの戦いぶりは、いかがでしたか？」

藤太が訊いた。

「はい。五條代官所への攻撃では、見事な戦いぶりでした」

「土田殿」

外記は真面目《まじめ》な顔をして衡平に言った。

「倒幕は、時機をみることが肝心《かんじん》じゃ。まずは、尊攘派が勢力を盛り返さなければならぬ」

「はい」

「そのためには薩摩じゃ。あそこが公武一和派である限り、倒幕は無理じゃろう。それには三郎を失脚させ、西郷を復帰させなければならぬ」

「はい」

「尊攘派が盛り返したら、あとは連携《れんけい》して各地で同時に決起することです」

藤太が付け足した。

「はい」

「土田さん、その時が来たら、お互いに連携して立ちましょう。あ、そうだ。今後のために勝蔵と小太郎、一仙を紹介しましょう。きっと何かのお役に立つでしょう」

藤太は黒駒勝蔵と山県小太郎、小沢一仙を衡平に紹介した。

勝蔵は地元の博徒だが、外記と藤太の薫陶《くんとう》を受け、今では立派な「勤王侠客」になっていた。勝蔵は後に赤報隊、徴兵七番隊に入隊して活躍するが、明治四年になって脱隊と過去の殺人の廉《かど》で処刑された。

山県小太郎は豊後岡藩士で、同じ岡藩士の小河《おごう》一敏《かずとし》に感化され、尊攘の志士となった。

小太郎は後に中岡慎太郎の陸援隊に入隊し、また戊辰の会津戦争では軍曹として、軍監の中村半次郎とともに会津若松城の明け渡しに立ち会っている。

小沢一仙は伊豆出身の彫物師で、神社の彫刻《ちょうこく》などをしていたが、やはり武藤父子に感化され、後に官軍鎮撫《ちんぶ》隊（高松実村を隊長とする高松隊）を京で結成して甲府まで迫ったが、偽勅使だとして処刑された。

勝蔵、小太郎、一仙とも、武藤家とは縁が深く、よく出入りしていたという。ちなみに、小河の息子に藤太の娘が嫁入りしており、その縁は小太郎が取り持ったと『勤王侠客黒駒勝蔵』には書かれている。

衡平はしばらく八反屋敷に滞在し、食客となっていた浪士たちと親交を深めた後、下野国足利へと帰っていった。再び足利で寺子屋を開きながら、時機が訪れるのを待つためであった。

第三章　天狗党

1

元治元年三月下旬、下野国足利。寺子屋を営《いとな》む土田衡平の住まいを訪れる男がいた。

「土田さん、しばらく」

「愿蔵か」

「水戸の天狗党がついに立った。すでに多くの同志たちが筑波山に集結している。目的は横浜へ攻め入って攘夷を行うことだ。だから土田さんも一緒に筑波に来てくれ」

「それはいいが、俺のような水戸藩以外の者でもいいのか」

「歓迎だ。もう水戸藩以外の志士たちも大勢集まっている」

「分かった」

愿蔵と衡平は、筑波山へ急いだ。

天狗党は、発起人は藤田東湖の四男の小四郎であったが、まだ二十三歳と若かったので、町奉行の田丸稲之衛門《いなのえもん》が主将となった。彼らは筑波山で決起した後、日光東照宮に行って攘夷と戦勝の祈願《きがん》をし、それから栃木近郊の大平山に布陣した。この後、大平山には五十日ほど布陣することになる。

四月。大平山。

「なぜ、こんなに長く、この山に滞在しなけりゃならんのだ」

さすがに愿蔵も衡平も焦《じ》れてきた。すでにこの頃、藤田や田丸には今後の具体的な計画といったものがないということを、二人は薄々気付き始めていた。愿蔵は天狗党の幹部の一人だったので、当然軍議に参加していたが、その際の藤田や田丸の顔を見れば、それは明らかだった。

「横浜を襲撃するなり、江戸城を攻めるなり、早く行動した方がいいに決まってる」

「なぜ、それができないのか。それは結局、藤田さんや田丸さんの腹が決まっていないからじゃないのか」

「どういうことだ」

衡平の言葉を聞き、愿蔵が怪訝《けげん》そうな顔をして訊《き》いた。

「つまり、あの方々《かたがた》は尊攘派だが、かといって倒幕派ではなく、あくまで佐幕派だ。だから何をするにも、幕府のためになるかどうかが重要なのだ。その上水戸藩は御三家だから、いってみれば将軍家の分家だ。従って、あの方々は水戸藩も捨てきれない。そういう幕府や水戸藩といった縛りがきつ過ぎるから、身動きが取れなくなってしまうのだろう」

衡平は観察して思ったことを口にした。水戸藩士である愿蔵には気が付かないようなことも、外部の人間である衡平にはよく見えるようだった。

「愿蔵、ここはよく思案した方がいいぞ。幹部たちがこんなに優柔不断では、この先我らに勝ち目はないと思う。だから、あの方々とは少し距離を置いた方がいい」

「うーん。確かにそうかもしれんな」

愿蔵は大きく頷《うなず》いた。


数日後、衡平は大平山中を視察しながら、自分たちの今後について考えていた。すると、突如見晴らしのいい風景が眼前に広がってきた。遠くの街々まで見渡せ、木々の新緑が眩《まぶ》しかった。ふと衡平は、一人の男が俯《うつむ》き加減で座っているのに気付いた。特に風景を見ている訳でもなく、どうやら考えごとをしているようだった。

衡平はその男と話したことは無かったが、その男のことは知っていた。尊攘派の同志たちの間では有名で、衡平もその男が天狗党の決起に参加してくれたことが嬉《うれ》しかった。

「あなたは、小島さんでは」

「はい」

小島四郎、後の相楽総三である。四郎はこの時二十六歳、衡平より三歳年下だった。

「どうなさったんですか。こんなところで」

「山を下りようかと、思案《しあん》しておりました」

衡平は自分と同じ悩みを持つ四郎に興味を持った。

「なぜ山を下りようと？」

「某《それがし》は天狗党を、同じ尊攘の同志だと思っていました。しかし、どうやら某の思い違いだったようです。彼《か》の者らには、この日の本の国より幕府や水戸藩の方が大事らしい」

「そうですか。いや、お気持は分かります。実は拙者も、同じことを考えておりました」

「あなたもですか。ただ某の本当の悩みは、下山したところで、これからどうすればいいのか、分からなくなってしまったことなのです」

「……」

衡平は言葉に詰《つ》まった。確かに衡平も、それに一番悩んでいたのである。

「昨年の赤城山挙兵も失敗し、桃井可堂《もものいかどう》先生は幽閉されてしまいました。先生は心が折れてしまわれたようで、もう再起は難しいでしょう。なぜ先生はそうなってしまわれたのか。上州の新田満次郎殿が立たなかったからです。某も新田殿を何度か説きましたが、どうにも優柔不断で信用できない方《かた》です。ですから、某も万策尽きたといった状況なのです」

「あなたのお気持ちは、痛いほどよく分かります。しかし、尊攘の大義を忘れてはなりません。いつか必ずその時が来ます。それまで、辛抱強く待つのです」

「……」

四郎は考え込んだままだった。

「実は拙者は、大和の天誅組の変に参加しておりました。当時の師であった藤本鉄石先生とともに」

「——」

四郎は少なからず驚いたようだった。

「落ちる時、拙者は『先生もご一緒に』と言ったのですが、先生は頑《がん》として拒否なされました。そして『儂は倒幕の魁になる』『儂に続く者が必ず現れる』とおっしゃいました。その後風の便りに、先生はご立派な最期を遂《と》げられたと聞きました」

「そうですか。鉄石先生のお噂は、某も兼《かね》がね聞いておりました。ご生前に教えを請《こ》うておくべきだったと、今は後悔しております」

「そう思って下さるなら、どうか先生のご遺志を継いで下さい。お願いします」

衡平は頭を下げた。

「おっしゃることは分かりました。少し考えさせて下さい。某もできればご遺志を継ぎたいとは思いますが、如何《いかん》せん、自分が何をしたらいいのか分からないのです」

「それで結構です。雌伏《しふく》の時間は、誰にでも必要ですから」

「はい」

四郎の目に、幾分輝きが戻ったようだった。

「あ、そういえば鉄石先生は困ったことがあったら、『幕臣の山岡鉄太郎を頼れ』とおっしゃってましたよ」

去ってゆく四郎に向って、慌《あわ》てて衡平は付け足した。

2

四月、甲州八代郡、八反《はったん》屋敷。何やら武藤外記と藤太、黒駒勝蔵の三人が密談していた。

「勝蔵、甲府城攻略の準備はできておるな」

「へえ、武器は揃《そろ》いやした。子分も今は八十人ですが、一声掛けりゃあ三、四百人は集まりやす」

「お前の仲間の、豆州下田の金平も大丈夫じゃな」

「へえ。抜かりはございやせん」

金平とは、伊豆下田に住む武闘派の博徒のことである。

「よしよし。それで、儂《わし》のところの浪人を合わせると多くて五百人か。まぁ何とかなるじゃろう、なぁ藤太」

「それが父上、どうやら代官所が感付いたようです」

「代官所？　石和代官なら心配なかろう。あ奴にはいつも袖《そで》の下を渡しておる」

「それが別の幕府方の人間が調べ、石和代官をせっついているようなのです」

「幕府が、儂らの計画を嗅《か》ぎつけたということか」

「そのようです」

「ならば、なおさら一刻も早く甲府城に攻め入った方がいいのではないか」

「水戸の動向が鍵となります。たとえ甲府城を落としたとしても、我らだけではいずれ鎮圧されてしまいます。やはり、水戸の天狗たちが江戸に攻め入って幕府を混乱させなければ、我らの決起も功を奏しません」

「水戸の天狗たちは、日光から大平山に移動して布陣していると聞くが、一体大平山で何をしておるのじゃ。早く江戸に攻め上《のぼ》ればいいものを」

「確かに不可解です。早速小太郎と一仙に探らせます」

「そうじゃな。ならば勝蔵、お前は今しばらく待機じゃ。金平にもそう伝えよ」

「へえ」

「博徒どもと、下らん喧嘩《けんか》などしてはならぬぞ」

「へえ」

五月。江戸に放った山県小太郎と小沢一仙が情報を集めて甲州に帰り、外記と藤太に報告した。

「大平山の天狗たちは、周辺の町村から兵と軍資金を集めているようです」

「どうも水戸では保守派の諸生党と、天狗党との間で争いがあるようです。あの状態では、天狗たちも江戸や横浜へはおちおち出られないと思います。残された家族が心配ですから」

「では、天狗どもが江戸や横浜を襲撃することはないのじゃな」

「そう思います」

「さて、どうしたものかのう」

外記は天を仰《あお》ぐような思いで天井を見つめながら、しばらく考えていた。

「いずれにしろ、今回我らは自重した方がいいと思います」

藤太が残念そうに言った。

「そのようじゃな」

「じゃ、あっしらは、どうすりゃいいんで？」

「勝蔵、お前たちは一時解散じゃ。子分どもや金平にもそう伝えよ」

「へえ」

「父上、ほとぼりが冷めるまで、勝蔵は旅に出た方がいいのでは」

「そうじゃな。勝蔵、お前行く当てはあるのか」

「へえ。あっしには大勢の博徒仲間がおりやすんで」

「ならば、勝蔵はしばらくいずこかに潜伏せよ。時が来たら、また連絡する。後日、潜伏先を藤太に知らせよ」

「へえ」

勝蔵は、三河の侠客である平井亀吉の下に匿《かくま》われた。しかし六月、勝蔵の潜伏を宿敵の清水次郎長が知り、六月五日に仲間とともに亀吉の屋敷を襲撃した。勝蔵と亀吉の二人は命からがら逃げ切ったが、二人の子分六人は犠牲となって殺された。

3

六月、大平山。天狗党は大平山を下り、筑波へ向かっていた。水戸藩の保守派である諸生党と対決するためだった。しかし愿蔵と衡平は、天狗党とは別行動を取ることに決めていた。二人は自分たちだけでも、倒幕を行う決心をしていたのだ。

その下山の途中、田中隊は岩谷《いわや》敬一郎隊に出くわした。田中隊は士分だけでなく、百姓、町人から博徒まで混ざった混成部隊、つまり長州の奇兵隊のような部隊だったので、天狗党内では軽んじられていた。また愿蔵自身も、岩谷からみて十歳以上年下のくせに対等な口のきき方をするので、田中隊を見た途端、岩谷は何とも言えない嫌《いや》な気持ちになったが、我慢して言った。

「さあ、ともに筑波へ引き上げようぞ」

その岩谷に向かって愿蔵が叫んだ。

「筑波に戻ってはならぬ」

いきなりの愿蔵の言葉に岩谷は面食らったが、落ち着いて言い返した。

「なぜだ」

「俺に策がある」

「策？」

「あんたと俺が協力して軍を率い、甲州を侵略し、また駿府を襲撃する。そしてこれらを根拠にして信濃を経略《けいりゃく》した後、朝廷に奏上して勅旨を得、罪を幕府に問う。こうして奸吏《かんり》を誅《ちゅう》して四方に号令すれば、短期間で幕府を倒せる。どうだ？」

これこそ、衡平が甲州の武藤父子や勝蔵らと連携し、練《ね》った策であった。その衡平も愿蔵の傍《かたわ》らにいた。岩谷はただ茫然として聞いていた。

「決心して俺と行動をともにしろ」

愿蔵の尊大な言葉に、ようやく岩谷は我に返った。

「お前の志は買うが、お前は策に疎《うと》い。若僧の考えそうなことだ」

「何！」

愿蔵は額に青筋を立てて岩谷を睨《にら》みつけたが、何とか冷静さを装った。

「策を知らぬ奴よ。後日必ず後悔するぞ」

愿蔵は吐き捨てるように言うと、筑波とは反対の栃木へと向かっていった。しかし岩谷の手前冷静さを装ったが、愿蔵は内心焦《あせ》っていた。この手勢では少なすぎて、到底甲州には行けない。では栃木に行ったところで何をすればいいのか、愿蔵には分からなかったが、衡平とも相談し、とにかく兵と軍資金を集めることになった。

この頃から、愿蔵は少しずつ情緒《じょうちょ》不安定になっていった。栃木に引き返すと、軍資金を調達しようと、愿蔵は栃木の町方と陣屋に三万両を要求した。しかし、彼らが三万両を五千両に値切ると、愿蔵は激怒し、栃木の町を焼いてしまったのである。町の大半を焼いた「愿蔵火事」と呼ばれるその火事は、六月六日のことであった。

この事件を機に、幕府は天狗党を逆徒とみなし、諸藩に追討を命じた。また藤田小四郎らの天狗党幹部も愿蔵の扱いに困り、田中隊を厄介者扱いした。常に愿蔵の傍《かたわ》らにいた軍師である衡平は、折りをみて愿蔵を諫《いさ》めた。

「愿蔵、乱暴は止《や》めろ。俺たちの志はもっと高かったはずだ」

「……」

愿蔵は考え込んでいた。

「尊皇攘夷、倒幕、世直し。それらの大義のための軍資金集めなら仕方がない。場合によっては、乱暴なことをしなけりゃならんこともあるかもしれん。だがそれも、必要最小限に止《とど》めるべきだ。それなのに町を焼き払うなど、常軌《じょうき》を逸《いっ》しているぞ」

「見せしめのためにやったことだ。それが、思ったより大火になっちまっただけだ」

「いいか愿蔵、極力民衆に説《と》いて味方にし、持参金とともに我が軍に参加してもらったり、資金だけを提供してもらったりするのだ。とにかく、説いて味方にすることが大切なのだ」

「悠長に説いてる暇《ひま》はねえ。だったら力ずくでけりをつけた方が、手っ取り早《ばえ》えだろ」

愿蔵は悪びれる様子もなく言った。

「だがその結果、民心は俺たちから遠ざかってしまい、俺たちは正真正銘の暴徒になってしまうんだぞ。そうなっては、決して倒幕などできぬ。民を味方に付けなければ、絶対に幕府は倒せん。だから鉄石先生たちも、年貢半減を説いていたんじゃないか」

愿蔵は静かに衡平を見ていた。明らかな路線の違いが浮き彫りになった。

(これからも愿蔵は変わりそうにないな)

衡平は絶望的な予感がし、悲しくなった。かつて鉄石先生の下にいた時の愿蔵は、もっと純粋だった。一体何が愿蔵をこんなにも変えてしまったのか。

案の定、愿蔵の乱暴はいっこうに治《おさ》まらず、六月二十一日には真鍋《まなべ》(現土浦市)を焼き、九月一日には那珂湊《なかみなと》でも乱暴を働いた。ここに至り、衡平は田中隊からの離脱を決めた。

4

天狗党を取り巻く状況は、混迷の度合を深めていった。当初は、筑波山で挙兵した田丸稲之衛門、藤田小四郎らが率いる天狗党激派に対して、市川三左衛門らが率いる水戸藩の諸生党と、幕府から派遣された若年寄で相良藩主の田沼意尊《おきたか》が率いる追討軍とが、連合して戦っていた。しかし、これに武田耕雲斎率いる天狗党鎮派が激派に加わったのである。
一方愿蔵率いる田中隊は、天狗党とは別行動をしていたが、那珂湊で衡平と別れた後、田中隊は北に向かって進軍した。一時は助川城を占領するなど善戦したが、結局現在の福島県と茨城県の県境にある八溝《やみぞ》山で力尽き、十月三日に捕縛され、十月十六日に処刑された。愿蔵はまだ二十一歳だった。

愿蔵が助川城を占領した頃、一時愿蔵と岩谷敬一郎は協力して戦っていた。だが助川城を脱出した際に岩谷は愿蔵と別れ、岩谷は逃げ延びて山岡鉄太郎に匿《かくま》われ、維新後は山岡の口利きで宮内省に奉職し、明治二十五年まで生き長らえた。岩谷が愿蔵と行動をともにしたということは、以前に甲府城をともに攻めようと提案した愿蔵の力量を、やはり岩谷は心の中では評価していたのかもしれない。

一方衡平は、田中隊を離脱した十四名の仲間とともに、那珂湊を三艘《そう》の船で北に向かって出港したが、途中で三艘ははぐれてしまい、衡平の乗った船は磐城《いわき》仏浜《ほとけはま》に着いた。上陸後、衡平らは民家に潜伏したが、相馬中村藩の役人によって九月二十日に捕縛され、十一月五日に処刑された。衡平は二十九歳であった。

かつて、愿蔵が町を焼いて乱暴の限りを尽くした時、当時天狗党を束ねていた田丸稲之衛門は、田中隊を天狗党から遠ざけるにあたり、才略ある衡平まで遠ざけてしまうのは惜《お》しいと考え、衡平だけは天狗党本隊へ異動するよう勧めたという。しかし衡平は、「一旦付き従った田中を見捨てて、自分だけが本隊へ異動することはできない」と断ったという。

　愿蔵は生来粗暴なところがあり、また年齢も若かったので、町を焼いたり、むやみに民衆を殺《あや》めたり、無理やり金を奪ったりといった、乱暴を働いてしまったのだろう。愿蔵が彼の部隊にそれらを命じてやらせたのだが、しかしそういった乱暴の中には、愿蔵の隊とは無関係ならず者がやったものもあるだろう。それらも、愿蔵の隊がしたことにされてしまった面もあると、筆者は思うのである。その方が何かと、戦後処理の上で都合がいいのであろう。歴史は、敗者に事実以上の罪を擦《なす》り付けることがあると思うからである。

　だから例えば、もし愿蔵が水戸藩や幕府を倒して英雄にでもなっていれば、火事も愿蔵が起こしたものではなく、また町人たちも喜んで資金を提供した、ということになっていたかもしれない。逆に、例えばちょうど同じ元治元年に、長州の功山寺で決起し、見事俗論派を倒して長州藩を倒幕路線に導いた高杉晋作なども、もし高杉が俗論派に敗れていたら、俗論派によって事実以上の罪を擦り付けられ、町人から金を強奪して反乱を起こした極悪人とされていたであろう。

　余談ながら、さらに想像を逞《たくま》しくすれば、もし愿蔵が水戸藩の諸生党を倒し、水戸藩を倒幕路線に導いていれば、水戸藩も幕末時にもっと脚光《きゃっこう》を浴び、明治の世にもっと水戸藩出身者が活躍していたであろう。また愿蔵も水戸版の奇兵隊創設者として、長州の高杉晋作と並び称されていたのではないだろうか。

ただ、水戸藩の伝統的な尊皇思想や、徳川御三家の一つであること、また江戸から近い常陸《ひたち》にあったことなどを考えると、やはり長州と同じことをするのは難しかったのだと結論付《づ》けざるを得ない。あるいは、水戸藩には吉田松陰に該当する人物がいなかったことも、その理由の一つかもしれない。

その意味で、もし水戸藩で吉田松陰に最も近い位置付けの人物は誰かと考えると、やはり藤田東湖になるであろう。とすれば、もし東湖の流れを汲《く》む田丸稲之衛門、藤田小四郎らが率いる天狗党が、諸生党を倒して水戸藩論を統一していれば、水戸藩も史実以上に幕末時に光を放っていたであろうと思う。

幕末時、長州藩主の毛利敬親《たかちか》は「そうせい侯」と呼ばれていたが、一方水戸藩主の徳川慶篤は「よかろう様」と呼ばれていた。従って、水戸藩も軍事的に藩内を制圧さえすれば、藩論をまとめること自体は、長州藩同様さして難しくはなかったと思われるのである。

5

田丸稲之衛門、藤田小四郎らが率いる激派に、武田耕雲斎率いる鎮派が合流した天狗党は、禁裏《きんり》御守衛総督として京に滞在している一橋慶喜に攘夷を訴えるため、水戸を発って京に向かうことに決めた。

天狗党は茨城県北西部の大子《だいご》を十一月一日に出発し、栃木県の那須の辺りまで北に向かった後南に進み、以前逗留《とうりゅう》した大平山の西側を通って群馬県南部の下仁田《しもにた》に着いた。幕府は、天狗党の進行方向に位置する諸藩に対して天狗党の追討を命じた。しかし各藩の対応は様々で、天狗党の通過を傍観した藩や、天狗党に軍資金を提供して城下の通行を避《さ》けてもらった藩が存在した一方で、十一月十六日に高崎藩は下仁田で天狗党と交戦した。激戦の結果、高崎藩兵は敗走し、天狗党の通過を許してしまった。また十一月二十日には下諏訪の手前の和田峠で、高島藩と松本藩の連合軍と交戦し、またも天狗党が勝利した。

天狗党は皆攘夷の訴えという志《こころざし》に燃えており、加えてもう水戸藩には戻れないという、いわば背水の陣だったので、兵士は皆必死であり強かった。さらに筑波山で決起した三月末以降、現在に至るまで戦いの連続だったので、兵士が戦に慣れていたことも強かった理由の一つであっただろう。一方諸藩軍は、兵士の士気が低く、また戦にも慣れていなかったために、天狗党の前に敗れてしまった。

天狗党は下諏訪からは中山道を通らず、まっすぐ南に向かう三州街道を通った。一行は、しだいに松尾多勢子が住む伴野村に近づいてきた。松尾家では、彼らの進路について相談した。

「このまま三州街道を進んじゃ、まずいんじゃないのかい？」

多勢子が言った。

「はい。このまま南へ進むと尾張領に入ってしまいます。そうなれば、武力衝突になるやもしれませぬ」

多勢子の息子で嫡男の松尾誠が答えた。

「何とか天狗たちの進路を、清内路《せいないじ》峠を越えて、中山道に入るように変えるんじゃ」

「ですが母上、中山道に入りましても、やはり尾張領に入ってしまいます」

「されど、尾張領に深入りしなくて済む。衝突が避けられるやもしれぬ」

多勢子はひと呼吸置いた。それまで黙って聞いていた角田忠行が多勢子に訊《き》いた。

「だが婆さま、中山道を進めば彦根領に入る。だから結局、天狗たちは戦うことになるんじゃないか。何といっても尾張は水戸と同じ御三家だ。ちょっと領地に入ったくらいでは、そうそう目くじらは立てないだろう。しかし彦根は別だ。彦根では桜田門の変以来、水戸への怨念が渦巻《うずま》いている。彦根は天狗たちの通過を決して許さないだろう」

「確かにそうじゃ。だから私は、天狗たちは彦根を避けて、日本海側に出た方がいいと思うとる」

「母上、えらく遠回りになります」

「じゃが、この方が安全じゃ。余計な戦いをしなくて済むからのう」

「さすが婆さま。策士だわい」

「何とか、天狗たちの望みを叶えてやりたいんじゃ。ほんに水戸から京まで難儀《なんぎ》な旅じゃ」

「はい」

「ええか。当面の目標は、三州街道から中山道に変えさせることじゃ。日本海側への迂回《うかい》は、中津川の同志たちに任《まか》したらええ。誠、その旨を手紙に書き、至急中津川へ伝えい」

早速、誠は手紙を認《したた》め、中津川へ送った。

こうして、天狗党は三州街道を離れ、清内路峠を越えて中山道に入った。中津川宿でも、天狗党は歓待された。ここにも、中津川宿の本陣当主の市岡殷政《しげまさ》はじめ、松尾多勢子の同志である平田門人が多かったからである。彼らの説得により、天狗党は再び進路を変更し、中山道を彦根の手前から北に逸《そ》れ、日本海側を目指すことに決まった。

6

天狗党は揖斐《いび》から北に進路変更した。その一行を、追いかけて来る一騎の騎馬武者がいた。薩摩藩の中村半次郎であった。半次郎は藤田小四郎を見つけると、

「ないごて、まっすぐ京に入ってこんのでごわす」

と問い詰めた。

「京へ向かって直進すれば、彦根と戦うことになります」

「彦根はもはや敵ではございもはん。あそこは桜田門の一件以来、牙を抜かれておいもす。

おいはここに来る途中、彦根を通って来たから、よう分かりもす」

これは決して半次郎のはったりではなかった。実は薩摩藩は、藩士を大垣藩や彦根藩など天狗党の進路上にある藩に水面下で派遣し、

――このたび一橋公（徳川慶喜）が御出陣なされるのは、公が天狗党に御理解下さり、天狗たちを降伏させようとなさるためである。従って、諸藩は天狗党を攻撃してはならない。なぜなら、一橋公の御意志に背くことになるからである。

と吹聴していたのである。

「それに……」

小四郎は言葉を濁《にご》した。

「それに？　何でごわす」

半次郎が詰め寄った。

「一橋公が、軍を率いて大津までお出でになられたとの噂を聞きました。まだ我らには信じられないのですが。ただ、その可能性がある以上、我らは北に向かうより他ありませぬ。一橋公に対して弓引くことはできませぬゆえ」

「知っておられもしたか。ならば仕方がなか。ご武運をお祈りしもす」

半次郎は来た時と同じように、颯爽《さっそう》と馬に跨《また》がり、走り去っていった。

恐らく、薩摩藩士たちが大垣や彦根の諸藩に慶喜のことを吹聴した際に、勢い余って天

狗党にも伝わってしまったのだろう。

半次郎に、天狗党に対してまっすぐ京を目指すように説かせた、この時の薩摩藩の意図は何か。それは、早く天狗を入京させることによって、一橋慶喜を窮地《きゅうち》に陥《おとしい》れようとする、薩摩藩の策謀であったと思われる。

なぜなら、この当時、薩摩藩と慶喜とは仲が悪かったからである。元治元年より始まった参豫《さんよ》会議は、わずか二カ月足らずで終了してしまったが、他の参豫たちが開国派なのに対し、慶喜一人が横浜の鎖港を主張していたので、会議の開催期間中ずっと慶喜と他の参豫たちとは折り合いが悪かった。また宴席で酔った慶喜が島津久光と松平慶永、伊達宗城の三参豫を「天下の大愚物、大奸物」と罵《ののし》ったこともあり、それを根に持った久光は公武合体の推進を止め、早々に薩摩に帰国してしまった。それほど、薩摩と慶喜の仲は険悪だったのであり、その結果薩摩は、慶喜の失脚を狙《ねら》うようになったのである。

この半次郎の天狗党への派遣に、どこまで西郷が関わっていたのか分からない。なぜなら西郷はこの頃、第一次長州征伐の参謀として、長州処分や五卿移転の件で、元治元年の十一月末から十二月初めにかけては、小倉や下関にいたからである。もちろん、手紙や人づてで半次郎の件を知っていたかもしれないが、細かな指示は、全て在京の薩摩藩幹部から出ていたのではないか。

また、この頃の半次郎は、天狗党の前には長州に探索に行ったりと、薩摩藩の密偵や工作員のような仕事をしていたようである。この辺りの仕事ぶりが評価され、しだいに半次郎は頭角を現して戊辰戦争でも活躍し、維新後は陸軍少将へと出世していくのである。

7

天狗党はその後も北に進み、幾つもの峠を越え、十二月十一日越前の敦賀郡新保《しんぼ》に辿り着いた。しかし、天狗党は追討軍である加賀藩軍がすぐ目の前に迫っていることを知り、また、その追討軍は慶喜が発した軍であることを知った。ここに、天狗党は初めて慶喜の軍に相対したのだが、彼らはあくまで「慶喜とは戦えない」として戦意を喪失し、ついに降伏を決意した。十二月二十日天狗党の降伏状が受理され、天狗党は加賀藩預けとなった。

降伏当初、加賀藩監軍の永原甚七郎は天狗党員を三つの寺に分宿させて厚遇した。翌元治二年の正月には天狗党全員に鏡餅を配ったという。しかし、若年寄の田沼意尊率いる幕府軍が敦賀に到着し、一月二十九日に天狗党員の身柄が加賀藩から幕府に引き渡されると、意尊はその厚遇ぶりに激怒して状況は一変した。意尊は天狗党員を敦賀の鰊《にしん》倉《ぐら》に収容し、耕雲斎や小四郎などの幹部以外は、衣服は下帯（ふんどし）のみで手枷《かせ》や足枷《かせ》をはめ、食事は一日握り飯一つと湯水一杯であったという。折《おり》しも真冬のため寒さも厳しく、病気になる者が続出した。

そうして、降伏した全天狗党員八百二十余名中、二月四日に耕雲斎以下の幹部二十四名が斬首され、残りを四日間の処刑に分けた結果、計三百五十二名が斬首された。また遠島になった者は百三十七名、追放になった者は百八十七名であった。

その追放になった者のうち三十五名は薩摩に流すことになり、罪人を輸送するための船を敦賀へよこせと、幕府から京の薩摩藩邸に通告があった。しかし、敦賀での残酷な処刑がすでに京にも伝わっていたので、薩摩藩は断固としてこれを拒否した。その拒否する文章は西郷が起草している。その文中に曰く、

古来より、降伏した者に対して苛酷な扱いをするなど、いまだかつて聞いたことがございません。法に則り、甘んじて死を受け入れて処刑された者については、通常の処分であり、仕方のないことだと思います。しかし身分の低い者については、罪を許す御命令を頂きたいと思っております。どうしても流罪に処さなくてはならないとのお考えでございますならば、弊藩では降伏した者に対して厳重な処分を下すことは道理においてでき兼ねますので、断固お断りさせて頂きます。『西郷隆盛全集』第二巻 現代語訳筆者)

大久保利通も日記の中で、「実に聞くに耐えざる次第なり、是を以て幕府滅亡の表（兆候＝筆者注）と察せられ候」と書いているように、この事件によって、多くの人々は幕府と一橋慶喜から心理的に離反した。つまり見放した訳である。

西郷も、恐らくこの時、倒幕と慶喜誅戮《ちゅうりく》を心に誓ったことだろう。しかし西郷はやさ

しい男なので、最終的に慶喜誅戮はせず、江戸城は無血開城された。筆者が思うに、西郷は残酷なことが嫌いなのである。だから西郷は、お由羅騒動で藩士を残酷に処分した島津斉興《なりおき》（薩摩藩第十代藩主。斉彬や久光の父）や、寺田屋で尊攘激派の薩摩藩士を残酷に上意討ちにした島津久光を、終生許すことができなかった。一方島津斉彬は、そのお由羅騒動で残酷な処分を下した側の久光派の藩士たちに、報復をしなかった。もしかしたら、西郷が斉彬を敬愛する理由の一つがここにあるのかもしれない。また、もし斉彬が報復していたら、それこそ水戸藩のような血で血を洗う藩内抗争に、薩摩藩も陥《おちい》っていたかもしれないと思う。


信州伊那郡伴野村。松尾多勢子にも、敦賀での天狗党員への残酷な処分の噂が伝わってきていた。さすがに気丈な多勢子も、天狗党の悲報に接し、嘆き悲しんだ。

「私が日本海へ向かう進路を勧めたのが、いけなかったのかねえ」

「母上、そんなことはございませぬ。母上は良かれと思い、お勧めしたんじゃないですか」

「そうだよ、婆さま。あのまま京へ直進していたって、結局同じ結果になったと思う」

息子の誠と角田忠行が必死に多勢子を慰《なぐさ》めた。

「だけど、酷《ひど》い話じゃないか。最後まで抵抗したのならともかく、降伏したんだろ。それなのに、三百五十二人も首を刎《は》ねるなんて」

多勢子は泣き崩れた。誠も忠行も、こんなに嘆く多勢子を見たのは初めてで、二人ともなす術なく、しばらく茫然《ぼうぜん》としていた。

「母上、あまりお嘆きになると、お体に障《さわ》ります」

「婆さま、泣いていても始まらん。天狗たちの仇を討とうじゃないか」

すると、泣いていた多勢子が急に泣き止んだ。

「忠行、よう言うた。確かに幕府と豚一は許せぬ。必ず目に物見せ、天狗たちの無念を晴らしてくれる」

多勢子の目が異様な光を放った。

「それでこそ母上。頼もしゅうございます」

豚一とは、一橋慶喜が豚肉を好んで食べていたことから、「豚肉が好きな一橋」といった意味の渾名《あだな》である。当時日本人は仏教の影響もあって、公には獣肉を食べていなかったから、珍しがってそう呼んだのであろう。

8

元治元年初冬、甲州八代郡上黒駒村、八反屋敷。檜峯神社の神主である武藤外記は、嘉永五年から振鷺堂《しんじゅどう》という私塾を開いており、そこで国学、尊皇攘夷思想を教授していた。

生徒は地元の子弟のほか、全国から集まった浪士、志士たちであった。地元出身の黒駒勝蔵も生徒だったといわれているので、博徒も外記に教えを請《こ》うたのであろう。

結城四郎も、外記に教えを請うた一人だった。外記と四郎は、八反屋敷の一室で密議をしていた。

「四郎、もうお前に教えることはのうなった。これよりは屋敷の外に出て、おのれの実力を試すがよい」

「はい」

「お前は尊攘思想だけでなく剣術も優れておるから、指導者に向いておる。それゆえ、お前はこれより甲州を発ち、相模、武蔵へと向かうのじゃ。して、その道中、これはと思う若者がおれば、尊攘の大義と剣術を授けるがよい」

「はい」

「この度は甲府城の奪取に失敗したが、なあに、儂《わし》は諦めんぞ。この命が続く限りはな」

「はい」

「西より尊皇の義軍が江戸へ攻め上る時、最重要拠点となるのが、東海道筋は小田原城、そして甲州街道筋はこの甲府城じゃ。特に甲府から江戸までは緩やかな下り坂が続き、行軍を阻《はば》む大河もほとんど無いから、兵は勢いを損なうことなく江戸へなだれ込むことができる。よって甲府城を落とせば、江戸城の攻撃に際して断然有利となる。分かるな、四郎」

四郎は頷《うなづ》き、外記の言ったことを頭の中で反芻《はんすう》した。

「そこで、お前は来たるべき次の甲府城奪取に備え、ともに決起する同志を育てるのじゃ」

「その決起とは、いつなのでしょうか」

「今は分からぬ。じゃが、そう遠い先でないことは確かじゃ」

「はい」

「今幕府は、西の長州と東の天狗によって大混乱をきたしておる。一方関東は天狗が去った今、人心の動揺が治まらず、民は皆将来の不安に慄《おのの》いておる。その民の不安に付け入るのよ。尊皇攘夷と剣術で民を安心させてのう。今がその最大の機会じゃ」

四郎は、外記が言ったことを必死に理解しようとしていた。

「いずれ、その時が来たら必ず知らせる。その時まで日々全力で励み、精進《しょうじん》せよ」

「はい」

こうして、結城四郎は八反屋敷をあとにした。四郎は羽前（山形県）の出身だが、仙台で剣術の修行をした後、江戸に出てきたという。四郎はこの後、相模や武蔵で門人を獲得し、慶応三年の十月以降、相楽総三らとともに三田の薩摩藩邸に集《つど》い、江戸擾乱作戦の一つである相州の荻野山中陣屋を襲撃することになる。この時、四郎の門人たちが重要な役割を担い、陣屋の襲撃と薩摩藩邸への退却を成功に導いたといわれている。（詳しくは拙著『立ち上がる民衆　相州荻野山中陣屋襲撃から自由民権運動へ』を参照）

第四章　西郷と中岡

1

元治元年六月五日に起きた池田屋事件で、新選組に自藩の藩士や他藩の尊攘派の同志を、多数殺されたり捕縛されたりした長州藩は激昂《げっこう》し、尊攘激派の三家老（福原越後、益田右衛門介、国司信濃）や来島《きじま》又兵衛、久坂玄瑞、久留米藩の神官の真木和泉らに率いられた、二千余りの長州藩兵が京に進軍してきた。

久坂は藩を代表して、前年の八月十八日の政変によって京を追放された、長州藩の失地回復を願う嘆願書を朝廷に上奏した。これに対して、朝廷内ではその対応に苦慮《くりょ》したが、最終的に孝明天皇の判断によって長州藩の掃討《そうとう》が決定した。

この朝廷の決定により、長州藩側も交戦を決めた。戦うことで、自分たちの主張を朝廷に訴え、朝廷に認めさせようとした。七月十九日、それぞれの家老に率いられた長州兵が三方より御所を目指して進撃を開始した。世にいう禁門の変である。

土佐の脱藩浪士である中岡慎太郎は、来島又兵衛が率いる遊撃隊に属し、布陣していた嵯峨の天龍寺から御所の中立売門《なかだちうりもん》に着いた時、銃弾で足を撃たれて戦線を離脱した。この時中岡は雑踏に紛《まぎ》れて逃れ、学習院講師の中沼了三《りょうぞう》の塾で知り合った佐土原《さどわら》藩（薩摩藩の支藩）の周旋方である鳥居大炊左衛門《おおいざえもん》の住居を訪れた。

「戦の見物をしていたら、長州の流れ弾に当たってしまった。少し休ませてもらえまいか」

鳥居とは中沼塾で面識があったが、その塾で慎太郎は「阿波出身の西山頼作」と名乗っていたので、ここでも西山頼作で通した。鳥居は何の疑いもなく慎太郎を家にあげ、医術の心得があったので慎太郎の傷の処置をした。応急処置が済むと、鳥居は慎太郎に言った。

「西山どん、俺《おい》はこいから薩摩藩邸に行って、負傷者の手当てをしなければないもはん。じゃっどん、あいにくの戦で、今日は家の者が出払ってしまって誰もおらん。じゃっで、すまんが君に留守番を頼みたか。ちょうど君も、そん傷ではすぐには歩けんじゃろ」

「分かった。その代わりといっては何だが、帰ってきたら、現在の戦況を教えてくれ」

夜になって鳥居が帰ってくると、たった今仕入れてきた戦況を慎太郎に告げた。

「西山どん、戦の大勢は決しもした。長州の負けでごわす。来島殿は討ち死に、久坂殿はご自害なされたとのこと。三人のご家老は各々《おのおの》退却したようでごわすが、まだ真木殿らは天王山に立て籠《こ》もってるそうでごわす」

「そうか」

ポツリと慎太郎は呟《つぶや》いた。元より勝敗は二の次で、朝廷に訴えることが目的ではあったが、やはりはっきり負けたと分かるとショックだった。思わず涙がこぼれそうになったが堪《こら》えた。泣いたりしたら、目の前の鳥居に怪《あや》しまれるからである。怪我のために慎太郎が浮かない顔をしていると思った鳥居は、慎太郎を慰《なぐさ》めようと軽口《かるくち》をたたいた。

「そういえば、西郷《せご》さぁも足を負傷していもした。西山どんと同じでごわすな」

鳥居は微笑《ほほえ》みながら言った。一方、慎太郎はいきなり頭を殴られたような衝撃を受けた。

(何い。西郷が戦に加わっていただと！)

あまりの衝撃に、慎太郎は眩暈《めまい》がした。

「どうかしもしたか？」

心配して鳥居が言った。慎太郎は慌《あわ》てて取り繕《つくろ》った。

「いや、何でもない。ところで、その西郷さんて」

「あ、藩外の人には大島でごわしたな。大島吉之助どん、薩摩の総司令官でごわす」

「ああ、そうか」

鳥居に悟《さと》られまいと、慎太郎は極力平静を装った。しかし、どうしても西郷のことが頭から離れなかった。ちょうど今、天王山に立て籠もっている真木和泉は、数日前の作戦会議の場で、「西郷は薩軍にはいない。もしいたら尊攘派の我々に敵対する訳ないじゃないか」と言っていたのだ。真木はそれほど西郷を信じていた。いや真木だけじゃない。慎太郎を含め、長州軍にいる尊攘派の多くの者が、西郷を同じ尊攘派の同志だと思っていた。一昨年寺田屋で久光の命によって斬殺された、有馬新七らと同じ同志だと。その西郷が、こともあろうに同じ尊攘派の我々を打倒したのである。悪夢以外の何物でもなかった。

どうにも居《い》たたまれなくなった慎太郎は、「歩くにはまだ早か」と言って制止する鳥居を押し切って、鳥居の住まいをあとにした。どうしても西郷に会わずにはいられない、と思ったのである。

2

（本当に西郷は我々を裏切ったのか）

薩摩藩邸に向かう道中も、慎太郎はずっと考えていた。

（もし裏切ったのだとしたら——つまり、西郷が尊皇攘夷派ではなく、公武合体派になったのだとしたら）

慎太郎の目が異様に光った。

（無論、斬る）

薩摩藩邸に着くと、慎太郎は門番に佐土原藩の鳥居大炊左衛門の紹介で、阿波の西山頼作だと名乗った。最初門番は怪しんだが、慎太郎が怪我のため片足を引きずっていたことと、銃などは所持していないことを確認して安心したのか、何とか無事に通された。

合戦を終えた後にもかかわらず、西郷は悠然と座っていた。

「おはんが西山どんか。どこかで俺《おい》とお会いしもしたかな」

「いえ、お初にお目に掛かります。拙者は土佐の中岡慎太郎と申す者にござる」

とっさに慎太郎は本名を名乗った。西郷の前では、小賢《こざか》しい真似《まね》はしたくなかった。「土佐の中岡」と聞いて、一瞬西郷は怪訝《けげん》な表情を浮かべた。取次ぎの者から「阿波の西山」と聞いていたからである。だが、すぐ普段の柔和な表情に戻った。西郷自身もそうだったように、この幕末当時、偽名を使うことはよくあることだった。

「ならば中岡どん、今日はどげんしもした」

「実は拙者は、貴殿に質問があって参上しました」

「何でごわす？」

「貴殿は、いつから公武合体派になられたのか」

「……」

慎太郎の質問に西郷は答えず、大きな目でじっと慎太郎を見つめていた。慎太郎がどういうつもりでこのような質問をしているのか、深意を見定めようとしているようだった。無言の西郷を前に、慎太郎は一気に捲《まく》し立てた。この会見がいつ打ち切られるか、分からなかったからである。

「貴殿が島流しになられて以来、我々尊攘派は貴殿の復帰を心待ちにしておりました。ですから一昨年の寺田屋事件でも、昨年の八月十八日の政変でも、我々は希望を捨てなかった。いつか貴殿が帰ってくる、そうすれば薩摩は尊攘派に変わる、その時を待つんだと」

相変わらず、西郷は黙って慎太郎の言うことを聞いていた。

「今回の戦に限らず、これまでに多くの同志が倒れていきました。その同志たちは皆、貴殿を信じていました。その同志たちを貴殿は裏切った。なぜ貴殿は、幕府の犬に成り下がったのですか」

つい力が入り、慎太郎の語調はきつくなった。ここらが潮時と西郷が重い口を開いた。

「いまでも俺《おい》は、尊攘でごわす」

「ならば、なぜ貴殿は長州を討ったのですか」

「長州かどの藩かは問題ではごわはん。我々は御所を暴徒から守ったまででごわす」

「長州は暴徒ではない。朝廷に訴えただけでござる。それを問答無用に討つ、薩摩の方が暴徒ではないですか」

「黙られよ。長州は御所に向かって発砲したのですぞ。それに我々は幕命ではなく、勅命によって長州を討ったのでごわす。立派な尊皇ではごわはんか」

「……」

今度は慎太郎が黙り込んだ。西郷が言った言葉を、胸中で消化していたのだ。

(西郷はやはり尊皇だった)

慎太郎は密かに胸を撫で下ろした。この前年、長州も薩摩も外国との戦争を経験し、攘夷が簡単にはいかないことを両藩とも身をもって実感していた。だからこの時期、もはや尊攘派とはいっても「攘夷」は有名無実化しつつあり、ゆえに慎太郎には西郷の「尊皇」だけで十分であった。

(斬る必要はない)

慎太郎が納得したのを察知した西郷が言った。

「西山どんのお帰りでごわす。誰か案内《あない》しったもんせ」

慎太郎は足を引きずりつつ、薩摩藩邸をあとにした。

3

禁門の変によって、御所に発砲した長州藩は朝敵となった。すると、ただちに朝廷は長州藩追討を幕府に命じ、幕府は西国諸藩に出兵を命じた。第一次長州征討である。

長州征討に関し、西郷らは将軍の上京が必要だと考え、その相談のため九月十一日に勝海舟を訪ねた。この勝との会談によって、西郷は共和政治(諸侯会議構想)に興味を持ち、幕府の腐敗・無能ぶりを知り、藩地での割拠《かっきょ》、富国強兵による反幕志向を形成していった。

その後久光の指示もあり、次第に西郷は長州に対して強硬論から寛典論へと変化していった。「長州の次は薩摩だ。ならば長州を壊滅してはならず、生かしておくべきだ」との認識が、薩摩藩内で支配的になっていったからである。これは薩長同盟の萌芽《ほうが》でもあった。

征長軍の総督に尾張藩の前々藩主である徳川義勝、副総督に越前藩主の松平茂昭《もちあき》が任命され、西郷が自論である寛典論を総督に上申すると、総督はそれを承認し、西郷を参謀に任命した。

そうして、西郷は自論の寛典論を行うべく、長州との交渉に入っていった。具体的には、

・禁門の変を指揮した三家老（益田右衛門介、福原越後、国司信濃）の切腹と、四参謀（宍戸左馬之介《さまのすけ》、佐久間佐兵衛、竹内正兵衛、中村九郎）の斬首

・藩主父子（毛利敬親、広封《ひろあつ》）の謝罪文書の提出

・五卿（三条実美、三条西季知《すえとも》、東久世通禧《みちとみ》、壬生基修《もとおさ》、四条隆謌《たかうた》）の九州遷座《せんざ》移動

・山口城の破却

藩内での権力闘争を経て保守派（俗論派）が政権を握った長州藩は、これらの幕府の要求を呑《の》むことに決め、三家老は切腹し、四参謀は斬首され、謝罪文書も提出された。また山口城は厳密にいえば「城」ではなく「館」程度のものだったので、「破却」の履行は有耶無耶《うやむや》になっていった。従って「五卿の遷座《せんざ》」が最終的に未履行として残ったのである。

さらに長州藩への処罰とは直接には関係ないが、前述の通り、かつて天誅組の変において主将を務めた中山忠光は変後長州藩に逃れ、長州藩の支藩である長府藩で匿《かくま》われていた。その彼が、三家老の切腹や四参謀の斬首が行われた頃、何者かによって長府藩内で暗殺されたのである。幕府からの嫌疑《けんぎ》を恐れた長府藩が、自らの手の者に殺害させたといわ

れている。

五卿の転座は難題だった。五卿たち自身はもちろん、五卿を擁する長州の奇兵隊や諸隊も、首を縦に振らなかった。

五卿たちにすれば、何不自由なく暮らせて「賓客《ひんきゃく》」扱いしてくれる長州に比べ、他藩に移されれば、どんな扱いをされるか分からず不安であった。一歩間違えば、罪人として扱われる恐れがあったからである。最悪の場合、中山忠光のように暗殺されてしまう恐れもなくはなかった。しかし、五卿たちは前年の八月十八日の政変の際に長州に流されたのであり、今回の禁門の変には彼らは直接には関わっていなかった。従って理屈で考えれば、今回彼らが罰せられるいわれは無かったのである。

一方奇兵隊や諸隊にとって、五卿たちは大義名分であり希望であった。藩主父子が朝敵にされてしまった今、この形勢を挽回《ばんかい》するには、五卿たちを擁《よう》して戦い、世に自分たちの正義を訴えるしかないと信じていた。また何よりも、五卿たち自身が他藩へ行くことを嫌がっていることが、彼らを勇気付けていた。

だからこそ幕府にしてみれば、五卿遷座はどうしても譲れないところであった。長州に五卿がいる限り、いつまた彼らは五卿を擁して幕府に牙をむいてくるか分からず、彼らから五卿を取り上げない限り、長州の真の武装解除は望めないのであった。

幕府がこう考えるのも無理はなかった。彼ら五卿に限らず、公卿というのは反乱に担《かつ》がれ易かったのである。実際、八月十八日の政変後に長州に流された七卿のうちの一人澤宣嘉《のぶよし》は、同じ文久三年の生野の変で、平野国臣らに担がれているのである。また前述の天誅組の変でも、やはり中山忠光が担がれていた。

禁門の変後に長州に戻っていた慎太郎も、当然この五卿遷座問題に巻き込まれていった。いや、この問題の渦中の中心にいたといってもいい。彼は、五卿筆頭の三条実美に近い存在だったからである。

それは、三条実美の出自と大きく関わっていた。実美の母の紀子は、土佐の山内家の出身であり、従って三条家と山内家は姻戚関係にあったのである。だから実美は土佐出身者を信用し、中でも慎太郎を重用したのであろう。一方の慎太郎も、自然と実美を主君として敬うことができ、だから五卿遷座を何としても解決しようと、奮起《ふんき》したのである。

慎太郎にしてみれば、五卿は長州から逃げるのではなく、また長州から追い出されるのでもなく、堂々と威厳を保ちつつ、他藩に移らなければならなかった。

征長軍参謀の西郷は、当初五卿をそれぞれ九州の五藩（筑前、久留米、肥前、肥後、薩摩）に分けて遷座することを提案した。この西郷の提案に則《のっと》り、筑前藩士の喜多岡勇平らが、引き取りの交渉のために長州を訪れたが、あくまで五卿は渡さぬと激昂《げっこう》する隊士たちに阻《はば》まれ、交渉は頓挫《とんざ》してしまった。

そこで、筑前藩の尊攘派である月形洗蔵、早川養敬《ようけい》らが長州に渡り、再度交渉を試みた。

彼らは五卿を貴賓《きひん》として丁重に扱い、間違っても藩に罪人扱いなどさせないと力説した。しかし五卿やその従者らは、現在の筑前藩は長州藩と同様に俗論派が政権を握っており、従って尊攘派には五卿を守るだけの力がないとして、彼らの説得にも耳を貸さなかった。

　慎太郎も立場上その場にいて彼らの話を聞いていたが、確かにこんな状況では危なくて、現時点ではとても五卿の遷座には賛成できなかった。慎太郎は必死に打開策を考えた。

(遷座先の各藩が個別に約束しても、とても信用できないから意味がない。やはり、もっと上位の、大きな組織に約束してもらわなければならない。それはどこか。藩の上位だから幕府である。すると今、最も我々に身近な幕府といえば、それは征長軍である。その中で、俺が最も相談し易く、且つ信用できる人物といえば……)

　慎太郎の脳裏に閃光《せんこう》が走った。

(それは西郷だ)

　慎太郎は、思い切って早川に相談してみた。すると早川は慎太郎の案に賛成し、早川が筑前に帰る際に、慎太郎は寺石貫夫という早川の従者に扮して同行し、小倉にいる西郷に会いに行くことになった。馬関（下関）の海峡を渡る時に、慎太郎は覚悟を決めた。

(もし西郷が五卿の身の安全を保障しなければ……)

(今度こそ西郷を斬る)

　実際、この時の慎太郎は命懸けであった。それは、もし長州の人間に自分が西郷と会ったことが知られたら、裏切り者、密偵として、慎太郎は彼らに斬られる恐れがあったからである。事実、奇兵隊の総管であった赤禰《あかね》武人は、俗論派と正義派（尊攘派）との調停を行ったことが仇《あだ》となり、裏切り者にされてしまったのである。同じ長州人ですらこうだから、土佐人の慎太郎にとってはより危険なことであった。

4

元治元年十二月四日、早川と慎太郎が小倉の薩摩藩の陣に行くと、早速二人は西郷の居室に通された。西郷は慎太郎の顔を見るなり、軽く微笑んだ。

（前回は西山、今回は寺石か。相変わらず忙しい御仁《ごじん》じゃや）

西郷は、大笑いしたいところをぐっと堪《こら》え、早川に尋ねた。

「早川さぁ、長州での交渉はいかがでごわした？」

「それが、五卿や従者、隊士たちに大反対され、話になりませんでした」

「そいは、おやっとさぁ（ご苦労様）でごわした」

「面目次第もございません。そこで今日は、今後の対策を貴殿にご相談したいと思い、三条卿に仕えている、この寺石を連れて参りました」

「ほう。三条卿の」

「はい」

「では寺石殿、この度の五卿の件でごわす。率直に言わせて頂けば、第一に皇国の御為を考えた場合、国家への忠義に適《かな》いもはん。また五卿の身上《しんじょう》にも関わり、長州の謝罪にとっても宜《よろ》しくなか。じゃっで早々に五卿は筑前に移し、暴徒が速やかに正しく収《おさ》まるよう、どうかお仲間を説得して頂きたか。こいが国家への忠義だと、お考えにはないもはんか」

「五卿の存在が皇国のためにならんのであれば、如何様《いかよう》にも進退させて頂きます。奇兵隊や諸隊も何とかしましょう。ですが長州藩の件は、たとえ藩主の大膳大夫《だいぜんだゆう》様（毛利敬親）は隠居なされても、世子の長門守様（毛利広封）が跡を継がれるということで、どうか貴藩のご尽力を賜《たまわ》りたいと思います」

慎太郎が訴えると、西郷が答えた。

「弊藩にそん力はありもはん。尤《もっと》もこれまでの過程において、長州藩の謝罪が道理に適《かな》っているのであれば、如何様にも尽力致しもす。じゃっどん道理に適っていないのであれば、どれだけ弊藩を頼られても、仲介はできもはん。じゃっで、長門守殿の相続の件は間違いなく難しく、去る七月の禁門の戦において兵庫まで進軍し、三家老が敗北したと聞いて、すぐに帰国したというのは、如何にも後詰《ごづめ》だと言われても仕方がなく、かえって大膳大夫殿より罪が重いと思われもす。これについては申し開きできないのではごわはんか」

「それについては何とも申し開きようがありません。ですが、その三家老はすでに厳刑に処されており、従って謝罪は済んでおりますので、この上は何卒《なにとぞ》ご寛大な処置になるようお頼み申し上げます。ただ以前にも、京で幾つか嘆願致しましたが、全てお気にかけては頂けなかったのに、今回に限って色々ご周旋《しゅうせん》下さるのは、なぜなのでしょうか」

前回の京における西郷との応接を皮肉《ひにく》交《ま》じりに慎太郎が言うと、西郷も応じた。

「それについてはいうまでもなく、以前の嘆願で貴殿は『薩摩の方が暴徒』などと訴えられ、かつ万民のために皇国の一大事だということも貴殿らは考慮しない状況だったので、仲介する必要は全くないと思っておいもした。じゃっどん今回は、長州藩の謝罪への取り組みが認められもす。じゃっで皇国のためになるのであれば、心から尽力致そうという心得《こころえ》なのでごわす。五卿は早々に筑前へ移り、如何様にも朝廷と幕府の指示に従うことこそ、本当の忠義でごわんそ。そん上で寛大な処置になるよう、弊藩も周旋に力を尽くすつもりでごわす」

「五卿が筑前へ移るといっても、四方を敵に囲まれ、本来五卿とともに筑前へ行く従者が長州に残り、五卿だけで移るというのは、どうにも人情にそぐわないのではないでしょうか。よくよくご推察下された上で、武装を解除して陣払いした後に、五卿を移すようにしなければならないと思います。ですので、速やかに武装解除が取り扱われるよう、何卒《なにとぞ》ご尽力をお頼み申し上げます」

「そん件はどう考えても、実に難しいことでごわす。尤《もっと》も五卿が移る日限と同時に『陣払いの御沙汰』が頂けるようならば、何とか尽力致すつもりでごわす」

終始、場は和《なご》やかだった。西郷は逃げ口上のような姑息《こそく》なことは言わず、真摯《しんし》に対応した。その姿勢に好感が持てたので、慎太郎は思い切って言ってみた。

「貴殿は先ほど、奇兵隊や諸隊を暴徒とおっしゃった。いや、決して貴殿を非難している訳ではございません。ただ、貴殿は誤解しておられる。彼《か》の者らはそのような者たちではありません」

そこまで言って、慎太郎はひと呼吸置き、西郷の様子を窺《うかが》った。西郷はただ黙って慎太郎の言葉を聞いていた。慎太郎が続けた。

「そこで、どうでしょうか。一度、馬関にお越し頂き、ご自分の目で彼らをご覧になってはいかがでしょう。百聞は一見に如《し》かずと申しますし」

「ほう。そいは良か考えでごわす」

西郷は大きく頷いた。そばで聞いていた早川も賛成した。

「仲間と相談しもす。じゃっで、少し時間を下され」

この日はここまでにし、早川と慎太郎は薩摩藩の陣をあとにした。好感触の対談だった。

宿へ帰る道中、慎太郎はつい思い出して苦笑した。

(また西郷を斬り損なってしまったわ)

不審に思った早川が慎太郎に訊いた。

「どうかしましたか」

「いや、何でもない」

慌てて慎太郎は取り繕《つくろ》ったが、改めて思った。

（どうも俺は、西郷とは波長が合うのかもしれんな）

5

翌日、早速西郷は、軍議の際に昨日慎太郎から提案されたことを切り出してみた。すると案の定、周囲から大反対された。

「そげなこつ、死にに行くようなもんでごわす」

「お願いしもす。止《や》めったもんせ」

「西郷《せご》さぁが死んだら、俺《おい》たちはどげんしたらいいのでごわす」

西郷は悠然と言い放った。

「もし俺が斬られたら、かえって難問が片付きもんそ。じゃっどん、そん時は長州は破滅でごわす。そげん馬鹿なこつ、彼《か》の者らもせんと思いもす」

一同が静まり返った。西郷が頑固《がんこ》なことは皆知っていた。結局、西郷の盟友である吉井幸輔と税所篤《さいしょあつし》が同行することで、西郷の馬関行きが実現することになった。

十二月十一日、西郷と吉井、税所は馬関に着いた。西郷らが、馬関で長州側の誰と会ったのか、定かではない。西郷自身の書簡によれば、

（前略）私にも一篇は下之関へ罷り渡り呉れ候様、月形より申し遣わし候に付き、吉井・税所両士聞き入れず同道にて罷り渡り候処、諸浪の内四・五輩も参り、一夜議論もこれあり候。諸浪の隊は一同帰順の運びにも成り行き、隊長の者とは両度も論判仕り候処、合点も出来、一向五卿の御開きも相尽し候次第にて、実に大幸の事に御座候。（後略）

（『西郷隆盛全集』第一巻　大和書房）

と書かれており、諸浪の内四・五輩と一夜議論し、隊長の者と二度会談したことは分かるが、どの人物か特定はされていない。ただし、『大西郷全集』の脚注によれば、「諸浪」は「忠勇隊と称し、諸藩脱藩の士にて五卿に従えるもの」とされている。忠勇隊とは禁門の変の際に、諸藩の脱藩浪士を中心として結成された部隊であり、中岡慎太郎はこれに加わっていたので、中岡はこの文中の「諸浪」に該当する。残りは、忠勇隊には所属していなかったようだが、中岡とともに五卿遷座に奔走していた土方楠左衛門《くすざえもん》（土佐出身）や水野正名《まさな》（丹後・久留米出身）らを指すのではないだろうか。また同書によれば「隊長の者」は「長藩諸隊の隊長」とされているので、高杉晋作や赤禰武人、山県有朋らを指すと思われる。当時赤禰は奇兵隊の総管（総監）、山県は軍監であった。

「諸浪の内四・五輩」については、恐らく中岡ら三名を加えた四、五人が、西郷らと一夜

議論をしたということで問題ないであろう。しかし、一方「隊長の者」の方は史料によって様々な見解がなされているが、『大西郷全集』の「伝記」では、一回目の会談は高杉とで、二回目は山県とだとされている。

この『大西郷全集』の見解が正しいとすれば、今回西郷が馬関に来た理由は、五卿遷座の解決なので、高杉とは具体的な話はほとんどしなかったであろう。高杉はこの直後の十五日には功山寺で決起するので、この時五卿のことには、ほとんど関心が無かったと考えられるからである。一方山県とは具体的な話をしたと思われる。

その話とは、今回の西郷の訪問で決められたであろう、左の事項である。

・そもそも五卿遷座への奇兵隊と諸隊の同意。
・征長軍の撤兵後、速《すみ》やかに五卿を移すこと。
・当初は五卿を五藩へ別々に移す予定だったが、五卿をまとめて筑前藩へ移すことに変更。

これらの事項に、山県が奇兵隊と諸隊を代表して同意したと思われる。また山県に同意させるために、西郷も五卿が筑前藩で貴賓として暮らせるよう、調整することを約束したのであろう。

6

しかし、筆者がここで指摘したいのは、「諸浪の内四・五輩」である中岡らと西郷の一夜の議論である。この十一日の夜の議論によって、西郷はまた一歩成長したと思うからである。もちろん、中岡らとも前ページの三項目は議論したであろうが、それだけではなく、前述のように中岡が西郷を馬関に誘った理由、つまり「奇兵隊や諸隊は暴徒ではない」ことについても議論したと思うのである。

「奇兵隊や諸隊が暴徒でないなら、一体彼《か》の者らは何なのでごわす？」

「彼の者らは、規律を持った軍隊です」

「しかし、彼の者らは侍ではない」

「侍でなくても、軍隊に入って戦えます。要は規律と調練次第です。実際、奇兵隊や諸隊は、このような規律を持っています」

慎太郎は西郷に以下の「諭示《ゆし》」を説明した。

一、礼譲を本《もと》とし、人心にそむかざる様肝要たるべく候。礼譲とは尊卑の等をみださず、其分《その》を守り、諸事身勝手無之《これなく》、真実叮嚀《ていねい》にして、いばりがましき儀無之様《これなきよう》いたし候事。

一、農事の妨《さまたげ》少しもいたすまじく、猥《みだ》りに農家に立寄べからず、牛馬等小道に出遇《であい》候わば、道べりによけ、速《すみやか》に通行いたさせ可申《もうすべく》、田畑たとい植付無之候所にても、踏《ふみ》あらし申まじく候。

一、山林の竹木、櫨《はぜ》、楮《こうぞ》は不及申《もうすにおよばず》、道べりの草木等にても、伐取《きりとり》申まじく、人家の菓

一、物、鶏、犬等を奪候抔《など》は以《もっ》ての外に候。
一、言葉等、尤《もっとも》叮嚀に取あつかい、聊《いささ》かもいかつがましき儀無之、人より相したしみ候様いたすべく候。
一、衣服其外の制、素《もと》より質素肝要候。
一、郷勇隊のものは、おのずから撃剣場へ罷出《まかりいで》、農家の小児は学校へも参り、教を受け候様なずけ申べく候事。
一、強き百万といえどもおそれず、弱き民は一人と雖《いえ》どもおそれ候事、武道の本意といたし候事。

（『防長回天史　第四篇下（第六）』末松謙澄　新仮名遣い、句読点、振り仮名は筆者）

全項目を要約すると、礼儀作法を弁《わきま》えること、民百姓を労《いた》わること、窃盗《せっとう》や略奪《りゃくだつ》をせずに法を守ること、言葉遣《づか》い等品行方正に努めること、衣服等質素倹約に努めること、武芸・学問を奨励すること、強きを挫《くじ》き弱きを助けること、といったところであろう。

慎太郎は土佐の大庄屋の出身で身分は百姓であるが、この慎太郎のような身分の者の思いが、この「諭示」には多分に反映されている。だから「諭示」の作成に、あるいは慎太郎も関わっていたかもしれないと思う。ただし、最初の文章が「礼譲とは尊卑の等をみださず、其分《そのぶん》を守り」と謳《うた》っているように、この諭示自体は、何ら封建的身分制を否定するものではなく、むしろこれを保守しようとしている点は注意を要する。

しかし、最初の「礼譲」以外の「諭示」の精神は、西郷にも大きな共感を与えたと思う。なぜなら、かつて島津斉彬に見い出される前、西郷は薩摩藩で農政を担当し、藩の不正や苛斂誅求《かれんちゅうきゅう》に持前の慈愛心と正義感で果敢に立ち向かっていたからである。だから西郷は大庄屋出身の慎太郎に対し、薩摩の民衆に抱いたような、親近感を持ったのではないかと思うのである。

慎太郎の説明を聞いて、西郷は大きく頷いた。

「民の軍隊でごわすか」

「そう、民の軍隊です」

「その軍隊は、異人たちの国の軍隊に倣《なら》ったのでごわすか」

「そうです。異国では、身分に関係なく軍隊に入れます」

「ふーむ、なるほど。して、百姓や町人の軍隊は強いのでごわすか」

「今、侍とはいっても、これだけ長く平和が続いては、皆実戦の経験はありません。その意味では、侍も百姓も町人も差はないと思います。ですが百姓や町人の方が、侍になれる絶好の機会だと大いに張り切りますので、かえって侍よりも強いと思います」

「尊卑の等をみださず、其分を守りと謳《うた》いながら、百姓や町人が侍になれるのでごわすか」

「奇兵隊を創設した高杉さんは上士ですから、当初百姓や町人に大きな顔をされるのが嫌だったんでしょう。しかし今や隊を率いているのは赤禰さんや山県さんですし、侍になれると言った方が断然隊は強くなりますので、実際『礼譲』の項目は有名無実化しています」

「長州や貴殿らは、なぜそのような軍隊を作ったのでごわす？」

「四カ国や幕府の攻撃に対し、長州の侍の数が足りなかったから、当初は半ば強引に動員したそうですが、今では彼の者らがいないと、長州の軍隊は成り立たないそうです」

「では、行く行くは」

「はい。幕府を倒します」

西郷は内心、慎太郎の言葉に共感していたが、少し鎌《かま》をかけてみた。

「なぜでごわす。公武が合体し、朝廷と幕府と諸藩とが共存することはできもはんか」

「できません。新しい時代を開くには、戦が必要なのです」

「ないごてな」

「いいですか、西郷さん。戦うことで旧弊が除かれ、国は新しくなります。異国の歴史を見ても、戦いの中で新しい民が生まれ、新しい技術が生まれ、新しい国が興《おこ》っていったのです。ですから、富国強兵には『戦』の一字が必要なのです」

「戦の一字、でごわすか」

「はい」

慎太郎は真っ直ぐに西郷を見据えた。慎太郎には確固たる自信があった。

恐らく、このような慎太郎の力説を聞いたことが、西郷が強硬な武力倒幕論者になった理由の一つだと筆者は考えている。

また、この数日後に起こる高杉晋作らの功山寺決起により、長州は内戦状態に突入し、最終的に高杉らは俗論派を破り、藩を尊攘倒幕路線に再び引き戻した。西郷は近くに滞在していたのであるから、この時の高杉率いる奇兵隊や諸隊の強さを、まざまざと思い知ったことだろう。この時の経験から西郷は後に、武力倒幕には民衆の参加が必要だと考えるようになったのではないだろうか。

十二月二十七日、征長総督の徳川義勝は征長軍に撤兵を命じた。内戦に突入した長州から去ることを疑問視する向きもあったが、西郷が「長州のことは長州人に解決させる」と押し通し、強引に撤兵してしまった。これで高杉らはさらに有利になったが、これなどは高杉らに対する、西郷からの援護射撃といえないこともないであろう。

翌元治二年も長州の内戦は続いていた。一月の六、七日の絵堂の戦いには、慎太郎も参戦していたらしい。が、その後十四日には五卿の転座が始まるので、急いで慎太郎は馬関に戻った。西郷が約束を守って撤兵したのであるから、慎太郎もそれに報いなければならなかった。五卿は十四日に長府の功山寺を出立した。ところが、肝心の筑前藩の方では俗論派の勢力が強まり、五卿をぞんざいに扱おうとする恐れが出てきた。そのため慎太郎や土方楠左衛門らが奔走し、薩摩藩の力も借りて、何とか無事二月十三日に大宰府に到着した。大した距離でもないのに、ごたごたのせいで一カ月も要してしまったのである。

第五章　小島四郎

1

元治元年四月、大平山で天狗党と袂《たもと》を分かった小島四郎は、失意のうちに江戸赤坂の自宅に帰ってきた。

父親の兵馬は喜んで四郎を迎えた。四郎はその名の通り兵馬の四男だったが、長男が原因は不明だが安政五年に亡くなってから、嫡男となっていた。次男は幼時に溺死、三男は幕臣の彦坂家へ養子となっていたからである。

三男を幕臣の家に養子に出したことから察して、兵馬は幕臣の間に顔がきいたのであろう。それは、旗本金融という小島家の家業が関係していた。小島家は元々は下総国相馬郡椚木《くぬぎ》新田村（現在の茨城県取手市椚木）の豪農であったが、近郊の千葉や茨城に領地を持つ旗本らに金貸しを行って財を成し、郷士の身分を手に入れたといわれている。

そして兵馬の代に資産を大幅に増やし、江戸の赤坂に広大な土地を購入し、下総国相馬郡から移ってきたのであった。小島家の後ろ盾は幕臣の酒井錦之助であり、赤坂への移住の際にも、酒井は何かと便宜を図ったといわれている。そもそも、小島家はその酒井家の敷地内にあった。『赤坂絵図』（尾張屋板の万延二年版）によれば、広大な松平安藝《あき》守の敷地の下方にある「酒井小平治」邸が、小島家の場所で四郎の生地である。つまり、小島家は幕府側の家だったのである。

その兵馬にとって、四郎は親泣かせの放蕩《ほうとう》息子だった。親の言うことを聞かず、家にじっとしていないばかりか、尊皇攘夷にかぶれ、決起騒ぎばかり起こしている。四郎はその辺りのことは、父の兵馬に具体的には話していなかった。ただ諸国巡遊の旅に出るとだけ言っていたが、四郎が旅先で何をしているか、噂《うわさ》が兵馬の耳にも入ってきていた。

ましてや小島家は幕臣とも繋がりが深い、佐幕系の家なのである。ただしこの頃の四郎は、まだ「倒幕」という考えには至っていなかったと思われる。だから言ってみれば、この頃の四郎は「尊皇攘夷」ではあるが「佐幕」という不思議な立場であった。つまり幕府に攘夷を訴え、幕府が攘夷を行わないのであれば、代わりに自分たちが攘夷を行う。言い換えれば、自分たちが攘夷を行うことで幕府を覚醒《かくせい》させる、そのための決起なのであった。

この頃の関東尊攘派の志士たちは、多くがこの「佐幕尊攘派」であった。例えば慷慨《こうがい》組の桃井可堂とともに赤城山で挙兵しようとした渋沢栄一などもそうで、だから彼はのちに一橋慶喜に仕えて一橋家の家臣となり、慶喜が第十五代将軍になってからは、幕臣になっているのである。これは彼が変節したという訳ではなく、元々佐幕だったからであろう。

実は水戸藩が信奉する水戸学も、この佐幕尊攘であった。だから、まさに天狗党の乱も前半においては、一部には田中愿蔵のように倒幕を叫ぶ者もいたが、基本的には佐幕尊攘を念頭に置き、幕府の代わりに横浜を襲撃し、攘夷を行おうというものであった。だから幕府による天狗党の追討令が元治元年六月に発せられてからは、正面切って幕府と戦うことを避け、京に上って一橋慶喜に訴えようとしたのである。

小島四郎が天狗党と袂を分かったのも、結局のところ、この佐幕尊攘に疑問を感じ始めたからであろう。幕府を助けるため、幕府の代わりに攘夷を行おうとして決起しても、逆に幕府から追討されてしまう。そして、結局幕府は攘夷を行わず、いつまで経《た》っても攘夷は行われない。

また前年の文久三年に、勅命に則《のっと》って攘夷を断行した長州藩が列強に敗れ、同じくイギリスと戦った薩摩藩も苦戦をしたことが、噂として流れてきていた。だから実際に攘夷を実行するのも困難であることが、次第に分かってきたのである。生半可《なまはんか》な攘夷をすると、かえって諸外国に日本を乗っ取られてしまうかもしれなかった。

天狗党の乱から離脱して帰宅して以来、四郎は本を読んでは考え、日々鬱々《うつうつ》として過ごしていた。

――佐幕尊攘はもう無理だ。一向《いっこう》に幕府は攘夷を行わない。ならば、どうすれば尊皇攘夷ができるのか。どうすれば。

答えはなかなか見つからなかった。

2

四郎はこの数年、ほとんど家にじっとしていることがなかった。これまで父親の兵馬が幾ら口を酸《す》っぱく言っても、四郎は全く聞く耳を持たなかった。おまけに、何に使うかはっきり言わずに兵馬に大金をせがみ、小島家から大金を持ち出すのである。だから今の状況は、兵馬にとっては願ってもないチャンスであった。

兵馬はこの機に、四郎に嫁を取らせようとした。勿論、四郎を家に縛り付けるためである。これまでにも幾度となく兵馬は四郎に嫁取りを勧めたが、その都度四郎は頑《かたく》なに拒《こば》んできた。しかし、今回は兵馬が呆気《あっけ》に取られるほど、四郎はあっさり承諾した。恐らく精神的にかなり追い詰められ、弱っていたのであろう。男は弱ってくると、安らぎを求めたくなるものである。

縁談はトントン拍子でまとまり、出雲松江藩松平家の家臣の娘で渡辺照という美人がみつかり、この元治元年に二人は結婚した。格式ある武家の娘がすぐに見つかったということからも、兵馬の武家社会における人脈の広さが窺《うかが》える。

翌慶応元年には長男の河次郎が生まれた。最初四郎は、自身が信仰している武州大宮の氷川神社にあやかって「川」の字を頂き、その同じ字を遠慮して「河」とし、河太郎と名付けようとした。しかし、それでは「河童《かっぱ》」のことになってしまうので、長男にもかかわらず河次郎と名付けたという。

　余談だが、小島家があった江戸赤坂檜町の近くにも氷川神社がある。もちろん都内には幾つも氷川神社があるので、それらと区別して赤坂氷川神社と呼ばれている。大宮まで行くのはひと苦労だったと思うので、四郎たちは恐らく、普段はこの赤坂氷川神社に参拝していたのであろう。

　元治二年。小島家では、穏《おだ》やかな日々が流れていた。こんなに安らかな日々を、四郎はこれまで経験したことがなかった。

　しかし、一歩小島家を出ると、世の中は騒然としていた。一月、第一次長州征伐が終わったかと思うと、長州で内戦が勃発《ぼっぱつ》しているという話が伝わってきた。そんな中、二月になると、天狗党の武田耕雲斎以下三百五十二名が、敦賀で処刑されたとの報せが届いた。

　四郎はがっくり肩を落とし、男泣きに泣いた。かつて路線は違《たが》えたが、目指す所は同じ尊攘であり、その意味では彼ら天狗党は間違いなく四郎の同志であった。一方、悲しみと同時に激しい怒りも覚えた。降伏した者を三百五十二名も処刑するとは、どう考えても常軌を逸している。恐らく天狗党員の大量処刑は、漠然とではあるが、小島四郎の胸に「倒幕」の二文字を焼き付けたのではないか。幕府など無くなった方がいいと。だが、この時点の四郎は、倒幕のために具体的に自分は何をすればいいのか、まだ分かっていなかった。

慶応元年九月。近所の信仰する氷川神社で祭が行われていたので、四郎は妻の照と息子の河次郎とともに、お参りも兼ねて見物に出掛けた。河次郎はまだ歩けないので、四郎が腕に抱いて行った。三人はまず氷川神社にお参りし、家族の健康と多幸を願った。その後、三人が神社の前の通りに出ると、煌《きら》びやかで立派な神輿《みこし》と山車《だし》が牛に曳《ひ》かれ、その周りを、法被《はっぴ》を着て額にねじり鉢巻きをした男たちが支え、大きな掛け声をかけながら往来を行き来していた。四郎はこの江戸赤坂で生まれたので、子供の頃からこの祭を見ており、特に感慨深くはなかったが、妻の照は嫁入りした昨年に続いてまだ二回目なので、大きな歓声を上げ、喜んでいた。息子の河次郎は、まだ周囲のことは何も分からず、ただ四郎の腕の中ですやすやと眠っているだけだった。そんな河次郎の寝顔を見ながら、四郎はふと、このまま志士活動を止め、家族とのんびり暮らすのも悪くないなと思った。

四郎たちは家に帰る途中、一人の侍に出会った。一見してかなりの身分の侍と分かるが、小男であった。四郎たちが歩く道の前方から、侍は四郎たちに向かって歩いてきていた。侍は齢《よわい》四十半ばくらいであろうか。特に話したことはなかったが、四郎は侍を知っていた。侍も、四郎を知っているようだった。すれ違い様、四郎は侍に挨拶《あいさつ》した。

「これは、勝先生」

「よう。お前さん、小島さんとこの跡取りだな」

「はい」

「元気そうだな」

「はい、お陰様で」

「そっちは奥方で、こっちが若君だな」

勝は、照と河次郎を交互に見て言った。

「はい」

照は慌てて勝にお辞儀をした。

勝は、四郎の腕の中で眠る河次郎を、目を細めながら見て言った。

「お前さんも、もう物騒なことは考えねえ方がいい。こんな別嬪《べっぴん》の奥方と、かわいい子供がいるんだからな」

勝は四郎が尊攘派で、過去に幾度となく各地で決起していたことを噂で聞いていて、それとなく知っていた。

「はあ」

四郎は伏し目がちに頷《うなず》いた。

「親父さんにも宜しく言っといてくれ。じゃ、またな」

三人に手を振って、勝は悠々と歩いていった。

「今の方は？」

照が四郎に訊いた。

「勝麟太郎先生、幕府の軍艦奉行様だ。だが今は、御役御免になられているらしい。それで、ご自宅にお籠《こも》りになられているんだろう」

「まあ、そんなお偉い方でしたの」

「先生は、ちょうど氷川神社の裏にお住まいなんだ。ご近所で、御役御免でなけりゃ、俺たちが気軽に話せるお方じゃないぞ」

　万延二年版の『赤坂絵図』（尾張屋板）によれば、氷川神社の裏に確かに「勝麟太郎」の名が書いてあり、その地図上を二センチほど左にいくと「酒井小平治」という家がある。前述の通り、この酒井家の敷地内に小島家があったのだが、すると勝家と小島家は直線距離で二百メートルくらいしか離れていなかったことになる。

3

　慶応元年十月。四郎の下に、信じられない報せが届いた。なんと孝明天皇が、日米修好通商条約を勅許されたというのだ。イギリス、フランス、オランダ、アメリカの四カ国連合艦隊が兵庫沖に侵入し、安政条約の勅許を軍事力を背景に強引に迫った結果、ついに朝廷が折れたということであった。このことは、これまで国中を混乱に陥れてきた奉勅攘夷が、完全に終焉《しゅうえん》を迎えたことを意味していた。

この報せを聞いて四郎は初めこそ落胆したが、すぐに気を取り直した。天狗党の処刑を聞いた時ほどの衝撃は無かった。そして、もう尊皇攘夷運動は終わったんだと自分に言い聞かせた。

慶応二年一月。まだ正月の余韻《よいん》が抜けきらない小島家を、一人の来客が訪れた。石城《いしがき》一作《いっさく》といい、信州高島藩を脱藩した志士で、四郎にとっては以前より親しくしている盟友であった。再会を喜んだ四郎は、早速一作を家に上がらせ、客間に案内した。

「久しぶりだな、一作さん。で、今日はどうしたんだ？」

四郎は一作より五歳歳下だったが、長い付き合いであり、言葉遣いはほぼ対等だった。

「四郎、大変なことになったぞ。薩摩と長州が手を結ぶらしい」

「本当か」

「ああ」

「信じられん。だけど薩摩は公武合体派で、長州は尊皇攘夷派だろう。だから両藩は水と油みたいなもんで、仲良くできる訳ないじゃないか」

「お前さん、家に引き籠もってばかりいるから、時勢に疎《うと》くなったんじゃねえか」

「えっ」

「いいか。公武合体や尊皇攘夷なんてのは、もう古いのよ。薩摩も長州も、異国と戦争をして痛い目にあった。それで分かったんだ。今のままじゃ、攘夷をしようとしても無理だとなっ。下手すりゃ、異国に我が日の本の国を乗っ取られちまう。だから、そうならないように、国を開いて異国に学んで国力を付け、相応の実力を身に付けた後、改めて異国を追っ払うのよ。これを『大攘夷』というんだそうだ」

「――」

一作の言葉を聞いて、四郎は唖然《あぜん》とした。確かに一作が言う通り、世の中は目覚ましく変化しており、自分はもはや時勢に取り残されてしまったかのような気がした。

「じゃあ、薩摩と長州は何のために手を結ぶんだ。公武合体でも尊皇攘夷でもないのなら、奴らは協力して一体何をしようというんだ」

「討幕よ」

一作は辺りを気にして、少し声を低くして言った。小島家は幕臣の家来だからである。

「討幕？」

「ああ。今のままの頭の古い幕府の支配下じゃ、異国から学ぼうったって、ろくに吸収できそうもねえ。それに幕府の奴ら、自分たちだけで異国の技術を独占しようとするかもしれねえしな。その証拠に現在の異国との商《あきな》いだって、幕府は利益を独占して、各藩が独自に異国と商いすることを決して許さねえからな」

「……」

四郎は必死に、今一作が言ったことを頭で消化しようとした。しかし、二年近く世間から遠ざかっていたので、一気に理解するのは難しかった。それほど変化は急激だった。

「だから今の幕府を倒して、新しい政府を作るのよ。そのための両藩の協力らしい」

「そうか」

「昨年末に京からの手紙で、我々の同志が知らせてきたんだが、今や信州はこの話で持ち切りよ」

「それほどか」

「何でそこまで沸き立っているのかというと、話が具体的なんだよ」

「どういうことだ？」

一作は四郎にすり寄り、もう一段、声を低くして言った。

「その京からの手紙によると、薩摩の西郷さんの考えは、長州と協力して薩摩が京で兵を挙げ、一橋と会津と桑名を叩《たた》き潰《つぶ》そうというものらしい。その時、水戸藩の本圀寺《ほんこくじ》党は当然一橋側に付くだろうが、そうなったら薩摩は本圀寺党も攻撃すると言っている。そして、これを機に長州も呼応して立ち上がり、幕府軍がこの時まで京にいたら、これも攻撃対象になる。長州では、高杉さんと桂さんの二人だけがこの件に関わっている。近々桂さんは薩摩の舟に乗って密かに上京し、西郷さんとの間で今後の戦について相談するらしい。もし事が成就しなかったら、薩長は主上《おかみ》を叡山に御移し申し上げることになっているそうだ」

「何と！」

思わず四郎は声を上げ、目を見開き、頬《ほほ》を紅潮させた。心臓の鼓動《こどう》が聞こえてくるかのようだった。まさか、ここまで計画が進んでいるとは、想像だにしていなかった。

一作は文久三年以来、平田篤胤の没後門人になっていたので、松尾多勢子のいる伊那谷や、平田門人が多い中津川辺りとは緊密に連絡を取り合っており、よく情報が入ってきた。また何より一作が住む高島藩も、飯田武郷《たけさと》を中心に平田門人が多い地域であった。

「どうだ、四郎」

一作の言葉で四郎は我に返った。

「すごい」

「そうか。ならば、我々も立つぞ」

「えっ」

「立ち上がるんだ。こんな好機はないぞ。下諏訪から甲州街道を通って江戸に来る途中、いつものように甲州の八反屋敷に寄ったんだが、外記さんや藤太さんも興奮して、大いに沸《わ》き立っていた。手応えは十分だ」

「……」

四郎は俯《うつむ》いて考え込んだ。

「どうしたんだ？」

「実は、俺はもう止めようと思っているんだ」

「止めるって、何を？」

「志士活動を」

「何い！」

一作は我が耳を疑った。そしてワナワナと体を震わせた。

「結婚して俺には妻と子がいる。今では、この二人が俺の生きがいだ。だから、もう危険なことからは足を洗いたい。平和に暮らしたいんだ」

「妻と子がいたって関係ないだろう。いいか、四郎。志士活動を止めるということは、主上《おかみ》やこの国を思う気持ちを捨てるということなんだぞ。そうなっては、もはや日本人ではない。そんなこと、お前にできるのか。できる訳ないだろう」

「……」

四郎は、まだ俯いて考えていた。

「なあ四郎、よく思い出せ。これまでに何人の同志たちが、この国のために命を落としてきたか。天誅組、天狗党、生野、禁門……。お前は、死んでいった多くの同志たちに対して、何と言って詫《わ》びるんだ」

「……」

「俺とお前とで、関東の同志の糾合《きゅうごう》に奔走したこともあった。新田満次郎の擁立に動いたこともあった。一緒に一晩中、理想の世の中について、語り合ったこともあったよな。

あの時の熱く語っていたお前は、一体どこに行っちまったんだ」

「……」

四郎は拳を握りしめ、目を瞑《つぶ》って一作の言葉を聞いていた。傍目《はため》にも、四郎が内心で葛藤《かっとう》していることは明らかだった。一作は、今日のところはこれくらいにして、四郎に考える時間を与えた方がいいと思った。

「俺は、お前が立ち上がってくれることを信じている。その気になったら、いつでも連絡してくれ。俺は待ってるからな」

話し終えると、一作は静かに立ち上がって部屋を出て、四郎の家をあとにした。

4

四郎は、自宅の庭の池を眺《なが》めていた。池の鯉は四郎の姿を見つけると、四郎の側《そば》にたくさん集まってきた。どうやら四郎が餌《えさ》をくれると思っているらしく、鯉たちは口を大きく開けて待ち構えていた。しかし、四郎の目に鯉の姿は映っていなかった。

あの日以来、四郎は一人で考え込むことが多くなった。あの後、念の為に四郎は平田門人の学び舎である気吹舎《いぶきのや》に行き、何人かの門人に薩長の軍事協力について聞いてみた。すると、やはりそれは事実であることが分かった。

以前の自分であれば、一作からあの話を聞いた瞬間、一作とともに家を飛び出していたと思う。しかし、今の自分は――。

「四郎様、お客様がお見えです」

照の声で、四郎は我に返った。

「どなたかな？」

「幕臣の山岡様です」

「山岡様？」

山岡といえば、恐らく山岡鉄太郎のことだろう。しかし、四郎は山岡の名前を知っているくらいで、全く面識は無かった。それが、なぜ突然、我が家にお越しになられたのか。

「父上ではなく、私に御用なのか？」

「はい。そのようにおっしゃってます」

「分かった。客間にお通しして」

父の兵馬には旗本金融という仕事柄、幕臣の訪問者が多かったが、四郎に会いに来る幕臣はこれまでほとんどいなかった。四郎は急いで着替え、客間に急いだ。山岡は背筋を伸ばして座り、じっと庭を見つめていた。

「ようこそ、お出で下さいました。某《それがし》は小島四郎でございます」

「幕臣の山岡鉄太郎です」

鉄太郎は体が大きいので、座っていてもかなりの威圧感があった。

「確か山岡様には、お初《はつ》にお目に掛かると思いますが、本日はどのような」

相手の様子を探るように四郎が訊《き》いた。

「貴殿のお噂は兼がね聞いており、一度お会いしたいと思っておりました」

「はあ」

何とも要領を得ない山岡の言葉に、四郎は戸惑《とまど》った。

「実は、貴殿がもう志士活動を止《や》められたと、噂で聞きました」

「えっ。あ、はい」

幕臣の鉄太郎から突然「志士活動」と言われて、四郎は体を強張《こわば》らせた。この男は、幕臣として自分を取り調べにやって来たのかと思ったのだ。

「なぜ、お止めになったんですか。あなたには、民の怨嗟《えんさ》の声が聞こえないんですか」

「それは」

「近年の物価高騰《こうとう》は酷《ひど》いものですが、それに輪をかけて、今長州再征のための準備で、幕府をはじめ諸藩が食糧を買い込んでおり、物価はさらに高騰を続けています。この状況を見ても、あなたは何も感じないんですか」

「しかし、某《それがし》には妻も子もおりますので、もう物騒なことは止めようと思っております」

「そうですか。それは残念ですな」

鉄太郎は茶を啜《すす》り、気を静めるために一息ついた。

「しかし、幕臣の山岡様がそのようにおっしゃるのは、どうにも解《げ》せません」

四郎は鉄太郎を怪《あや》しんだ。鉄太郎が自分に、誘導尋問をしているような気がしたのだ。

「いえ、拙者の本心です。拙者は尊皇攘夷派ですので。だがそれ以上に、拙者はこの国の行く末に、大きな不安を抱いているのです」

かつて鉄太郎が清河八郎らと虎尾の会を結成し、尊皇攘夷を唱えていたことは四郎も知っていた。知っているどころか、今では尊攘派の志士たちの間で語り草になっていた。

「それは、某も存じております」

「では、拙者と清河さんのことも？」

「はい。大体のところは」

「なら話が早い。実は、拙者は清河さんが亡くなって以来、ずっと清河さんの代わりになれる人物を探してきました」

「はい」

「そして、ようやく見つけました」

「……」

「それは貴殿です」

いきなり鉄太郎に言われ、四郎は驚いた。

「ちょっと待って下さい。某は清河さんほどの能力はありませんし、第一先ほども申し上げた通り、某はもう引退したのです」

「いや、失礼ながら、それは貴殿の御本心ではない。そんなに拙者が信用できませんか」

「いいえ、そんなことはございません。本当に今の某には能力も熱意もないのです。それに」

「それに？」

「仮にまた志士に戻ろうにも、某には何をどうしたらいいのか、分からないのです」

「京にお行きなさい」

「えっ」

「京に行って、薩摩藩邸を訪ねるのです」

「……」

茫然とする四郎に対し、鉄太郎が淡々と続けた。

「そこに伊牟田《いむた》尚平という侍がいます。その者を訪ね、貴殿の思いを伝えるのです」

四郎は黙って鉄太郎の言うことを聞いていた。

「この伊牟田という者は、長年付き合いがある拙者の同志ですから、信用できる男です。何でも話して構いません」

「はあ」

「この男は、久光公の逆鱗に触れ、西郷さんと同様に薩摩の南方の島に流されていました。

その時、さすがにこの男も諦《あきら》めの境地になり、島で寺子屋をして一生を終えようとしていました」

「はあ」

四郎はぼんやりと鉄太郎の言うことを聞いていた。

「それを、拙者が彼の者に手紙を書き、京に呼び寄せ、志士活動に復帰させたのです」

「そうですか」

「どうか貴殿には、ぜひ京に行って彼の者に会い、我らの同志になって頂きたいのです」

「山岡さん、あなたは一体……」

四郎は目の前の鉄太郎に、得体《えたい》の知れない恐ろしさを覚えた。

5

夜。床の中で、照が四郎に囁《ささや》いた。

「四郎様、最近何かお悩みがあるのでは」

四郎は内心ドキッとした。

「いや、何でもない。気の回し過ぎだ」

「いえ、私には分かります。この頃、四郎様のお背中が寂しそうなのですもの」

「ははは。そんなことはない。俺は今、すごく充実しているんだ」

(四郎様は嘘をついている)

照は少し話題を変えてみた。

「四郎様。もし他におやりになりたい事があるのでしたら、私と河次郎のことはお気になさらず、どうかご自分の進むべき道をお進み下さいませ」

「何でそんなことを言うんだ」

「私は四郎様に、いつも輝いていて頂きたいのです」

「輝いているかはともかく、俺は普段通りでいるじゃないか」

「いいえ。四郎様は、以前に比べて覇気《はき》が無くなられました。何だか急にお年を召《め》したようにも見えます。幼いながらに、河次郎も心配しているようです」

「……」

四郎は、横で寝ている河次郎の寝顔を覗《のぞ》き込んだ。すやすやと寝ている姿が、何とも愛らしかった。

「幸い、小島家には財産がございます。四郎様がお気の進まないお仕事を我慢してなさらなくても、私も河次郎も生活には困りません。ですから、四郎様には私たちの犠牲になって欲しくないのです。それに私も河次郎も、目標に向かって突き進む、いつも輝いている四郎様が好きなんです」

「そうか」

妻の進言は確かに嬉しかったが、一方で、この平和な日々と別れることが怖《こわ》くもあった。

父親の兵馬も、当然四郎の変化に気付いていた。しかし、もちろん兵馬は照とは逆に、四郎の志士活動への復帰を妨害することを画策した。兵馬は一計を考え、根回しをした。兵馬は、小島家の主筋である旗本の酒井錦之助に、四郎の就職を頼んだのである。

兵馬に呼ばれて、四郎は兵馬の書斎に行った。兵馬は、四郎の悩みには一向に気付かない振りをして、努めて明るく言った。

「実はな、四郎。この度酒井様が、お前を三百石で召し抱えたいという大名をご紹介下さったのじゃ。よいか、有り難くお受けするのじゃ」

三百石とは立派な俸禄であった。普通の浪人であれば、断る理由は全く無かった。

しかし、一言の下に四郎は断った。何だか、自分の志が金に換算されたような気がして、それが実に不愉快《ふゆかい》で、突発的に断ってしまったのだ。

「それじゃ、これからお前はどうするんじゃ」

兵馬は予想に反して断られたので、急激に怒りが込み上げてきた。

「また旅に出ます」

「旅だと。以前と違って、お前には妻も子もおるんじゃぞ。何を無責任なことを言っておるんじゃ」

「父上。どうか、お許し下さい。このままでは、私は頭がおかしくなりそうです」

兵馬は、長年の怒りが爆発して激昂した。

「お前は狂っている」

四郎は俯いて、兵馬の言葉を黙って聞いていた。

「なあ四郎。有り余る財産、広い家、順調な家業、美しい妻、かわいい子供、三百石の奉職。一体、これらのどこが不満なんじゃ。不満なところがあれば言うてくれ」

「父上、そういう訳では」

「お前は狂人だ」

「そうかもしれませぬ」

「いや、儂は諦めんぞ。お前は大事な跡取りじゃ」

(俺は京に行く)

息遣《いきづか》いが荒くなった兵馬を尻目に、今、四郎は決心した。

第六章　上京

1

上京を決意した小島四郎は、慶応二年二月十二日、平田門の気吹舎《いぶきのや》に暇乞《いとまご》いに行った。『気吹舎日記』によれば、

十二日晴　小嶋四郎・神崎行蔵来、小嶋八信甲之辺遊歴之暇乞也（以下略）
（『国立歴史民俗博物館研究報告 第一二八集』）

とある。なぜ、四郎は気吹舎では「上京」と言わず、「信州と甲州の辺りを遊歴する」と言ったのかは定かでないが、下手に気吹舎を刺激しないようにしたのではないか。後に触れるが、慶応二年の十二月に、四郎は平田家に忌避《きひ》され、絶交となっているからである。恐らく暇乞いの際にも、こうなることを避けようとしたのであろう。

ところで西郷隆盛から鹿児島の蓑田伝兵衛への、二月十八日付の手紙に次の一文がある。

若しや戦（第二次長州征討が）相始まり候わば、（民衆が）諸方に蜂起致すべく、甲・信二州の辺にも其の萌《きざし》相顕れ候由、一度（民衆が）動き立ち候わば、（幕府は）瓦解《がかい》致すべき事と存じ奉り候。
（『西郷隆盛全集』大和書房）（カッコ内筆者）

これは筆者の推測だが、恐らく西郷は、四郎が信州や甲州で同志たちと決起を計《はか》ってい

ることを、具体的に知っていたのではないか。どうも時期的に符合するし、何よりも西郷は「甲・信二州の辺にも」と具体的な場所を示し、「其の萌相顕《きざし》れ候」と書いているからである。「其の萌相顕れ」と書くからには、何らかの具体的な萌を掴《つか》んでいたと考えられるのである。

ただし二月十二日の四郎の暇乞いを気吹舎が聞き、それから京にいる西郷に知らせたのでは、二月十八日付の手紙に間に合わせるには、日程的に不可能ではないが、かなり窮屈《きゅうくつ》である。しかし十二日以前に、気吹舎ではなく別のルートから、西郷は四郎らの甲・信二州の企《くわだ》てを知ったのであれば、このような日程的な問題は無くなるし、この方が自然であろう。例えば気吹舎経由ではなく、薩摩藩や信州は平田門人が多いから、薩摩藩と信州の平田門人間の情報伝達もあり得ると思う。従って西郷は日頃から、四郎のような草莽の志士たちの動向を掴み、この時点では西郷が指令を出していた可能性は低いとは思うが、連絡を取り合っていた可能性は高いのではないだろうか。

江戸を発った四郎は、一路甲州街道を下諏訪目指して進んだ。途中、多摩郡駒木野村に住む落合直亮《なおあき》など同志を訪ねながら進んだ。当時町田市辺りで剣術の指導をしていた結城四郎も、甲州街道からは少し外れるが、四郎は訪問したかもしれない。漠然とではあるが、将来的に討幕を決心した四郎であるから、できるだけ同志とは連絡を取り合ったと思う。しかし電話もパソコンも無い時代である。だからこそ近くに来た際には、極力じかに会ったのではないかと思うのである。そういう日頃のきめ細かい遣《や》り取りがなければ、翌年の慶応三年に、最大五百人もの人々が三田の薩摩屋敷に集まることはなかったのではないか。

もちろん甲州では八反屋敷も訪れた。武藤外記と藤太の父子も、四郎を歓迎してくれた。

四郎の顔を見るなり、外記は四郎に言った。

「ついに決心したか」

「はい」

四郎の顔をまじまじと見ながら、外記が笑みを浮かべて言った。顔つきからして、決意が漲《みなぎ》っていたのであろう。

「石城と山岡さんに口説《くど》かれたそうじゃな」

「ご存知でしたか」

「石城は甲州に来る度にここにやって来る常連じゃ。山岡さんのことは、先日剣術の出稽古《でげいこ》にお見えになった玄武《げんぶ》館の井上八郎先生から伺ったんじゃ」

玄武館とは千葉周作が開いた北辰一刀流の道場である。井上八郎は幕臣で、山岡鉄太郎の剣術の師であり、佐幕尊攘の同志でもあった。

「相変わらず地獄耳ですね」

「情報が大事じゃからのう。だから、そろそろお主が来る頃だと思っておったわ」

「長らくご無沙汰しておりました」

「何の何の。お主が戦線に復帰してくれれば百人力よ」

「はあ」

四郎は少し照れながら、苦《にが》笑いを浮かべた。

「これで、一昨年の雪辱を果たせるぞ」

「とおっしゃいますと」

「一昨年の天狗党と連携した時は失敗してしもうたが、今度こそ儂らは成功してみせる」

「成功？」

「無論、甲府城の乗っ取りよ」

「はあ」

何とも気が早い話だと、四郎は内心思った。

「甲府城こそ儂らの悲願じゃ。なぜなら甲府城を押さえれば、江戸城の陥落《かんらく》も視野に入ってくるからじゃ。甲府から江戸までは、大した障害も無いからのう。幕府を倒し、天朝様の御世《みよ》にする。その志を遂《と》げるまで、儂らは何度でも立ち上がるぞ」

(相変わらずだな)

四郎は外記を頼もしく思った。

「ありがとうございます。某《それがし》はこの後信州に行き、最終的には京に参ります。そこで同志たちと今後の相談を致します。話がまとまったら、必ずご連絡致します」

「分かった。いい話を期待しておるぞ」

2

下諏訪に着くと、早速四郎は同志の家を訪ね、石城一作の隠れ家を訊いた。石城は元々は信州高島藩の藩士だったが、この頃は脱藩して隠れ家に潜《ひそ》んでいたのである。四郎は同志に聞いた石城の隠れ家に向かった。

一作は四郎の顔を見た途端、涙を流して喜んだ。

「江戸の飯田さんから聞いてはいたが、四郎、よく決心してくれた。俺は嬉《うれ》しいぞ」

相変わらず一作は激情家だった。飯田武郷は平田門人の高島藩士で、高島藩における平田門人の領袖《りょうしゅう》であり、一作の師匠でもあった。だから四郎は、京に行く決心をした後、今後のことについて、すでに江戸で飯田と打ち合わせていたのである。ただしこの時、飯田はまだ江戸に残っていた。

「俺は京に行きます」

四郎が一作に告《つ》げた。

「俺も同行したいが、いいか？」

「もちろん」

「ならば、すぐ準備をするから、少し待ってくれ」

「分かった」

「その間、他の諏訪の同志たちと話をしておいてくれ。そう遠くない将来、我々はともに決起するかもしれんからな」

四郎は大きく頷《うなず》いた。四郎は岩波鳰江《におえ》など、高島藩の同志たちと語らった。

慶応二年三月、四郎と一作は京に着いた。四郎は以前、文久年間にも京に来たことがあった。しかし今回見た京は、以前の風情がある、雅《みやび》やかな京とは違っていた。まだ所々に一昨年の禁門の変の痕跡《こんせき》が残り、焼け野原になってしまっている場所も多かった。四郎はしみじみと言った。

「かつて清河さんが、桜田門外の変で井伊大老が暗殺されたことを知った時、『これから応仁の乱の時代にも匹敵する乱世になる』と言ったそうだが、これはまさに応仁の乱だな。何とも酷《ひど》い荒廃ぶりだ」

「ああ。幾ら尊攘の大義のためとはいえ、民をここまで苦しめるのは、いかがなものかな」

二人は、京を代表する平田門人である池村久兵衛の伊勢屋に着いた。京に来た平田門人は大抵、久兵衛の世話になっていた。

翌日、四郎は一人で薩摩藩邸に向かった。山岡に紹介された、伊牟田尚平に会いに行ったのである。山岡が言ったことを四郎はまだ半信半疑だったので、薩摩藩邸へは一人で行った。一作には、まだ伊牟田のことは話していなかった。

薩摩藩邸で事情を説明すると、すぐに邸内の客間に通され、ここで待つように言われた。

しばらくして、客間に二人の男が入ってきた。

「おいが伊牟田でごわす。で、こちらが益満どんでごわす」

益満が無言でお辞儀をした。

「お前《まん》さぁのことは、山岡さぁから聞いちょいもす。まぁ、楽にしったもんせ」

伊牟田は中肉中背の筋肉質で、見るからに屈強そうな男であった。一方の益満は、対照的に温和な感じのやさ男であった。

「そうですか。ならば話が早い。して、某《それがし》は何をすれば」

伊牟田は黙って、じっと四郎を見つめていた。

「あの、某の顔に何か」

怪訝《けげん》に思った四郎が訊いた。

「どことなく清河さんの面影《おもかげ》があいもす」

「確かに」

伊牟田と益満は頷《うなず》き合った。

「ちょっと待って下さい。某は清河さんとは何の縁もゆかりもありません」

「いや、こいはすんもはん。山岡さぁから『清河さぁの再来』と聞いちょったもんで、ついっつい、お前さぁと清河さぁが重なってしまいもした。どうか、許しったもんせ」

「突然清河さんが暗殺されて以来、ずっと我らの尊皇攘夷は宙を彷徨《さまよ》っていたようなものです。どうか、我らの気持ちをお察し下さい」

隣の益満が言った。益満は薩摩弁ではなく、普通の江戸言葉であった。清河は、上京した浪士組が急遽江戸に帰ることになり、その浪士組を山岡らとともに率いて江戸に帰った直後の、文久三年四月十三日に幕臣の佐々木只三郎らによって暗殺された。ちょうど三年前のことであった。

「分かりました。それで、某は何を」

「実は今、西郷さぁが鹿児島に帰っていもす。じゃっどん、あん御人《おひと》が薩摩の軍事を差配《さはい》しちょいもんで、詳しいことはあん御人が帰ってからにないもす」

「ですが、西郷さんはもう倒幕を決心しています。ですからどうか、貴殿も我々を信じて待っていて下さい。いずれ時が来たら、必ずご連絡しますから」

「はあ」

何ら具体的な話はないので、四郎はまるで狐につままれたような心境だった。

3

数日経っても、薩摩藩からの連絡は無かった。そこで四郎と一作は長丁場《ながちょうば》になると考え、池村久兵衛方を出て、他に住まいを借りることにした。四郎は当初、薩摩藩邸に住まわせてもらえるのではないかと、淡い期待を抱いていたのだが、まんまと当てが外れた格好になってしまった。

また尊攘派の同志の数も、以前と比べてかなり減ってしまっていた。文久の初めの頃は、京の町の至るところに同志がいたのだが、文久二年の寺田屋事件に始まり、文久三年の八月十八日の政変や天誅組の変、生野の変、そして元治元年の禁門の変を経て、尊攘派は京から一掃されてしまっていた。

代わって、京の町を我が物顔で徘徊《はいかい》していたのは、新選組などの佐幕勢力であった。四郎たちも新選組には細心の注意を払い、彼らに見つからないように息を殺して潜伏した。

四郎は一作ら数少ない同志たちと、暇《ひま》さえあれば今後の計画について隠れ家で議論した。以前は町の居酒屋で話し合ったものだったが、今は新選組が危険なため、おちおち外出してはいられなかった。

「とにかく、決起には旗頭が必要だ」

「誰がいい？」

「京はやはり公家の町だ。お公家さんがいいだろう」

「しかし尊攘派のお公家さんは、例の八月十八日の政変以後、京を追放されてしまったままだ。今は大宰府におられるらしい」

「じゃあ無理だ。他には京におられないのか」

「残る目ぼしいところは、大原重徳卿や五条為栄《ためしげ》卿、鷲尾隆聚《たかつむ》卿といったところだ」

「そうか」

「しかし、こんなに同志の数が少なくては、とても決起などできないんじゃないか」

「それに、以前天誅組の変や生野の変で、お公家さんを旗頭に決起して失敗している。だから、お公家さんたちも怖気《おじけ》づいてしまって、とても決起どころじゃないと思う」

「まあ議論だけしていても、どうにもならん。薩摩からも一向に連絡は来ない。だから、ここは一つ、我々だけでやってみるしかない。そのお公家さんたちに入説《にゅうぜい》してみよう」

「それなら、お公家さんたちを説得するための書物があった方がいい」

「分かった。俺が書いてみよう。仕上がったら皆に配るから、読んで感想を聞かせてくれ」

四郎の言葉に、皆が頷いた。

この頃四郎は「華夷《かい》の弁」という論文を書いている。この論文は中国人の中華思想と同じ論法で、日本を中華とし、諸外国を夷国として論じたものであったが、これはつまり、当時流布していた「攘夷論」と同様のものであった。

この論文が長州藩主毛利敬親の目に留《と》まり、論文に跋文《ばつぶん》が与えられた。この名誉な出来事によって、同志の間に四郎の名が広く知れ渡った。しかし、このような出来事があっても、なぜか四郎と長州藩尊攘派との繋がりには発展しなかった。恐らくこの時期、禁門の変で御所に発砲した長州藩は朝敵となっていたので、長州藩士が京で活動することが著しく困難だったためだと思われる。

四郎は、「華夷の弁」を持参して公家に入説しようとして、一作に訊いた。

「一作さん、どの公家が狙い目だと思う？」

「先日の話題に出た三人の中では、まあ五条卿か鷲尾卿だろうな。大原卿は六十歳を超えた爺《じい》さんだ。決起するには年齢的にも無理だろう」

「なるほど。では五条卿と鷲尾卿では？」

「五条卿は俺と同じ平田門人だから、尊攘と倒幕の志も高く、かなり話が合うと思う。一方の鷲尾卿は、邸内に剣術の道場を持つくらい侍顔負けの剣術の猛者《もさ》で、剣術を習いに浪士たちがよく出入りしていて、中には密議をしている浪士たちもいるらしい。だから、鷲尾卿が大本命といったところだろう」

「では、鷲尾卿に？」

「だが、できれば二人とも決起してもらいたいところだ」

「よし。じゃあ、どちらから先に声を掛ける？」

「平田門人の五条卿からにしよう。話し易い方からにした方がいいだろう」

早速四郎と一作は、五条家に入説した。

だが、為栄の反応は芳《かんば》しくなかった。この時為栄は、禁門の変の際に親長州藩として動いたことを咎《とが》められ、御所への参内を禁止されていた。だから彼はそれを苦にして、ひどく消極的になっていたのだ。

二人はさっさと諦《あきら》め、次に鷲尾家に向かった。鷲尾隆聚は噂に違わず勇猛そうで、話にも乗り気であった。二人は手応えを感じ、その日は概略だけを話して鷲尾家を退出した。

しかし、どうにも同志が集まらなかった。元々同志の数が少ない上、世間の耳目は第二次長州征討に集まっており、ほとんどの者は京での挙兵に興味を示さなかった。その第二次長州征討は六月七日に起こり、長州の周りの四方向より幕府軍は攻撃を開始した。相変わらず薩摩からの連絡も無かった。あれから一度も、西郷は京に戻っていないようだった。

4

実際、世の中は騒然としていた。民衆が立ち上がったのである。慶応二年夏以降の悪天候によって作物が凶作になったことに加え、第二次長州征討を見越して食糧の買い占めが行われて物価が高騰したため、各地で民衆が打毀《うちこわ》しや一揆を起こしたのである。特に長州征討の関係から、関西地方の民衆がいち早く決起した。

始まりは慶応二年五月八日の兵庫であった。湊川辺りの民衆が蜂起し、米屋や富豪の家を打毀し始めた。これに続いて西宮や伊丹、池田などで、そして十四日には大坂で打毀しが起こり、さらに関西各地へと広がっていった。

幕府方に捕らえられた民衆は、

「こんな世の中で生きているより、いっそ殺された方がましじゃ」

「牢屋に入った方が、食い物に困《こま》らんから嬉《うれ》しいわい」

「この打毀しの元凶は、大坂城におられる公方《くぼう》様じゃ」

と口々に喚《わめ》く始末であった。

この民衆の決起を、四郎と一作はじかに見ていた。まさに世も末といった状況であった。そして、この打毀しや一揆のほとぼりが冷めるまで、とにかく待たねばならないと考えるに至ったのであった。

さらに悪い知らせが江戸から二人に舞い込んできた。この打毀しや一揆が関東にも波及し、六月十三日には、武州の秩父で大一揆が発生したというのである。武州一揆であった。一揆は秩父から南や東、北へと広がりを見せたが、各地で幕府軍や諸藩兵によって鎮圧され、わずか七日ほどで終息した。

西郷は三月十一日以来、ずっと鹿児島にいた。鹿児島では主に藩政改革を行っていたが、同時に六月の英国公使パークスによる鹿児島訪問の接待を行い、大忙しであった。しかし、その一方で各地からの打毀しや一揆の連絡を受け、大いに心を痛めていた。

だから幕府から薩摩藩へ、第二次長州征討への三度目の出兵要請が下ったが、藩は断固として拒否した。また出兵拒否に止まらず、薩摩藩主島津茂久とその父久光は、政体の改革と長州征討の停止を訴えた建白書を朝廷に提出した。この出兵拒否の文章も建白書もともに西郷が起草したものだという。要するにこれらの文章は、「今は戦争など行っている場合ではない。戦争を止めさせるためにも、幕府による政治ではなく、天皇の下での大名連合政権を早く樹立するべきだ」ということである。つまりこれが、この時点での西郷の考えであるといえよう。

四郎たちは段々焦《じ》れてきた。いつこの混乱が終わるかも、いつ薩摩藩から連絡があるかも分からないのである。もちろん鷲尾卿らも、いくら入説しても一向に煮え切らなかった。そこで四郎たちはひとまず関東に帰り、関東の情勢を探ることにした。武州一揆の影響など関東の現状も心配だったが、逆に関東の情勢次第では決起のいい機会であるかもしれず、その際には京より関東での決起を先に行おうということになった。『気吹舎日記』には慶応二年九月に四回、四郎が気吹舎を訪れたと記されている。従って、二月に気吹舎で暇《いとま》乞いをした四郎は、遅くとも九月には江戸に帰っていたことが分かる。

しかし、四郎は実家に帰るつもりはなかった。実家で妻子の顔を見てしまったら、変な里心がついてしまわないかと心配だったからである。

江戸に帰った四郎と一作は、一作と同郷の高島藩士である岩波鳰江《におえ》の手引きで、漢学者の金内格三《かねうちかくぞう》の下に潜伏した。そして、同志たちとともに関東各地の情勢を探り始めた。

「やはり、武州一揆の影響は甚大だな」

「どの辺りの被害が激しい？」

「秩父を中心に、南の八王子周辺、東の所沢周辺、そして北の岩鼻周辺で激しい戦闘があったらしい。その内、岩鼻周辺に数万の一揆勢が押し寄せ、岩鼻郡代所に甚大な被害を与えたそうだ。恐らく今、岩鼻郡代所の機能は低下していると思う。だから岩鼻が狙い目だ」

「岩鼻ってことは、新田のすぐ近くだな」

「新田って、あの新田満次郎の新田か」

四郎と一作は互いの顔を見合った。

「駄目、駄目。あいつはただの優柔不断な臆病者だ。さぞかし新田義貞公も、あの世で呆れているだろうよ」

「全く。何であんなのが、義貞公の子孫なのかね」

二人は満次郎への罵詈雑言《ばりぞうごん》を吐いた。よほど、これまで満次郎に煮え湯を飲まされてきたのだろう。それは、こんなことだった。

文久三年、慷慨組《こうがい》を率いていた桃井可堂は、赤城山での挙兵を計画し、新田満次郎の擁立《ようりつ》に動いていた。しかし、あろうことか満次郎は自分が決起したくなかったので、配下の者を江戸に行かせて奉行所に自首させ、また自らも江戸に行って自訴したのである。この結果赤城山挙兵は頓挫《とんざ》し、可堂は川越藩に自首し、それでも計画の細部は自白せず、全ての責任を一人で被《かぶ》り、自ら絶食して死んでいったのである。

この赤城山挙兵には四郎も関わっていた。そしてこの計画が流れた直後、今度は新田配下の金井之恭《ゆきやす》と四郎が謀って再び新田擁立を画策したのだが、これも失敗に終わった。

とにかく新田満次郎は、自分の身を守るためには手段を選ばなかった。それならば、打診の段階ではっきり断ればいいのに、それもしなかった。そのあざとさ、卑劣さが、四郎たちには許せなかった。

ただ一般的に考えれば、満次郎の気持ちも分かる。荒くれ者の志士たちの前ではっきり断ったりすれば、下手をすれば殺される恐れもあったからである。だから、そうならないためにも、打診に対して否定も肯定もせず、のらりくらりと対応していたのである。満次郎は内心では、決起なんて考えたことも無かっただろうし、自分に決起を勧める志士たちを鬱陶《うっとう》しく、また自分に打診しに来ること自体を迷惑だと思っていたであろう。その意味では、新田義貞の子孫の家に生まれてきて、満次郎も哀れであったといえる。

ちなみに、かつて薩摩も新田満次郎に目を付けたことがあった。文久元年頃、薩摩藩士の中井弘が鮫島雲城《うんじょう》という変名で、満次郎配下の橋本多賀之助の下を訪れ、新田勤王党の結成を促したという。また中井は多賀之助や満次郎に気に入られたようで、後に中井は満次郎の娘の武子と結ばれている。

「あんな奴、戦じゃ何の役にも立たないと思うがな」

「いや、あいつの中身は関係なくて、あいつの名前と存在が重要なんだ。決起にはどうしても旗頭、つまり大義名分が必要だ。その旗頭には、やはり関東では新田が一番だ」

　場を沈黙が支配した。新田擁立《ようりつ》は重要だが難しい、ということは皆百も承知していた。

「まあ、とにかくやってみるしかないだろう。あれから数年経って、新田の気持ちも変わっているかもしれん」

「ならば、新田の周囲の者に打診してみよう。金井之恭とは顔馴染《かおなじみ》だから、まず金井に訊いてみよう」

　四郎が一同を見回して言った。金井之恭は、新田氏支族の子孫と伝わる家に生まれた尊攘派の志士で、前述の通り、以前に四郎とともに新田満次郎の擁立に動いたことがあった。

　金井に訊いてみると、案の定、いつものように新田の態度は煮え切らないとのことだった。

「あいつを立たせるには、拉致《らち》して監禁するしかないんじゃないか」

「物騒な話だが、確かに有効な一手段ではあるな」

　四郎も一作も真剣だった。

5

慶応二年十一月。薩摩藩士の吉井幸輔が、江戸の土佐藩邸の乾退助を訪ねた。

「乾さあ、久しぶりでごわす」

「吉井さん、急にどうしたんですか」

二人は文久二年以来、旧知の間柄だったという。

「昨年はご挨拶できず、すんもはんでした。じゃっで、今回伺《うかが》いもした」

「いや拙者の方こそ、昨年貴殿が江戸におられると知っていながら訪問せず、すみませんでした」

一瞬、二人の会話が途切《とぎ》れ、変な間が生じた。吉井は少し顔を強張《こわば》らせた。

「ないごて、そげん作り話をするのでごわす。社交辞令は止めったもんせ」

痛いところを吉井に突かれ、退助は言葉に詰まったが、溜息《ためいき》交じりに渋々話し始めた。

「我が土佐藩の現状を見て、何の面目《めんぼく》あって貴殿にお会いできるんですか？」

吉井はすぐ普段の柔和な顔に戻って言った。

「気にすることはなか。貴殿の同志の石川清之助らは今京にいて、貴殿の来るのを首を長くして待ってごわす。石川たちは俺《おい》に、『乾を立たせねば、土佐は何もできぬ』といいもす。じゃっで、乾さあ。どうか京に来ったもんせ」

石川清之助とは中岡慎太郎の変名である。この吉井の言葉から、吉井は慎太郎に依頼されて、退助を呼び出しに江戸の土佐藩邸に行ったとも取れる。退助は溜息をついて言った。

「奈何《いかん》せん、土佐藩はすでに俗論党が支配しています。同志はいますが、何ら策を施《ほどこ》せませんん。もし一旦我が同志が俗論党に取って代われば、同志たちは拙者を呼び入れてくれるでしょう。ですが、まだその時機が到来していないのは、実に遺憾であって……」

退助は俯《うつむ》いて肩を震わせていた。泣いているようだった。吉井は退助を気遣《きづか》い、後日再び会うことを約束し、今日は帰ることにした。

数日後、今度は退助が三田の薩摩藩邸に吉井を訪ねた。

「吉井さん、先日は失礼しました」

「いやいや、よく訪ねて来てくれもした」

しばらく、二人は相手の出方を探っていたが、吉井が先に切り出した。

「今日の時勢を鑑《かんが》み、もはや議論は尽きたと思いもす。ただ決心し、大いに断行すべき時と思いもす。乾さあ、何か策はごわはんか」

「薩摩の形勢、並びに久光公の動向はいかがですか？」

「多少のことはできもす。久光公も上手に補佐すれば、人後に落ちないと思いもす」

「今、多くの人は議論を嫌います。貴殿もまた議論は尽きたと言います。ですが拙者は、議論はまだ十分にはなされていないと残念に思っています。今日の問題についても、議論が詳細だとはいえないと思います。人に最後の決心をさせるには、その人によく理論を説き、感情を高ぶらせることが必要です。そうした後に大事を成すことができるのです」

「では今日、どんな策が行えもすか」

吉井は挑戦的に訊いた。

「大藩が連合して、幕府に建白するのです」

退助が即座に答えた。予《あらかじ》め考えておいたのであろう。

「そいもまた因循《いんじゅん》論でごわす。じゃっどん、そん建白は兵を用意して行うのでごわすか」

「もちろんです。拙者に一策あります」

退助は不敵な笑みを浮かべた。

「是非、お話し頂きとうごわす」

「現在の京は、至る所で事態が紛糾《ふんきゅう》しています。群議が縦横して、真に議論をする場所ではありません。ですので京で策を論ずると、不意に事変が起こり、ひどい悪口や仲間割れがこれに乗じ、因循姑息《いんじゅんこそく》の者が勢いを得て台頭し、たちまち大事を行う時機を逃してしまうでしょう。ですから、貴殿は久光公に土佐を訪問するように勧め、我が主君容堂と議論を尽くし、幕府の罪責を挙げ、一封の建白を書き、連合を約束し、その後ともに京に行き、それ以上は議論をせずにただ兵を控えさせ、馬に飼料を与えつつ時機が来るのを待つ。この策はいかがですか？」

吉井は自然と前のめりになり、手を叩《たた》いて叫《さけ》んだ。

「快でごわす」

退助はなおも続けた。

「この策は、たとえ幾度か繰り返しても、必ず藩において議論を尽くすことが必要です。もし中途半端な議論のまま京に出れば、当然失敗するでしょう」

吉井は頻《しき》りに頷《うなづ》きながら言った。

「ここで素早く決断せんと。今日の策は他にはなか。俺は誓ってこいを図りもす」

二人はすっかり意気投合し、退助は薩摩藩邸をあとにした。

久光が土佐に行くことは結局実現しなかったが、この退助が提案した策が、翌慶応三年に薩土密約や薩土盟約が締結される下地になったのかもしれない。

6

慎重に計画を練っているつもりだったが、またしても、今回の新田擁立計画が幕府の知るところとなり、四郎たちは幕府に追われる身となってしまった。

「なぜ幕府にばれたんだ」

「また満次郎が幕府に密告したんじゃないか」

「分からん」

すると弱り目に祟《たた》り目で、なぜか四郎は平田家から絶交を言い渡されてしまった。『気吹舎日記』によれば、慶応二年の十二月十一日付で小島四郎への絶交を告げるため、門人の館川衡平《たちかわこうへい》を派遣したことが書かれている。また衡平は十九日付の平田家への手紙で、十一日の晩に四郎に「絶交」を伝え、四郎も承知したことが記されている。館川衡平は武州大里郡出身の志士だが、平田門に入門した慶応二年二月には元作事奉行の佐野日向守に仕えており、四郎とは親しかったという。だから伝達役に指名されたのだろう。前述の土田衡平と同じ「衡平」でややこしいが、以後の「衡平」は全てこの館川衡平のことである。

四郎が平田家から絶交された理由は分からない。同時期に四郎たちが進めていた、新田満次郎を擁立して討幕を目指した挙兵計画を平田家が知り、そのため忌避されて絶交された可能性が高いとは思うが、あるいは天狗党の筑波山挙兵に参加していたことが知られたためであろうか。後述する、しばらく行動をともにする中村勇吉が筑波山挙兵の敗残兵であることを考えると、この可能性もあるかと思う。

なぜ四郎が平田家から絶交されたのに、この時期に行動をともにしていたと思われる石城一作は、絶交されなかったのかも分からない。一作は四郎とともに新田を擁立した討幕挙兵を画策していたので、やはり四郎の絶交は筑波山挙兵のためなのであろうか。

この「絶交」の意味は正確には分からないが、恐らく「共同絶交」だと筆者は考えている。共同絶交とは『大辞泉』(小学館)によれば、「村落など地域社会で、秩序や慣習を乱した住民を制裁のために排除し、共同で絶交すること。村八分の類」とされている。つまり単に平田家が四郎を絶交にしただけでなく、全平田門人たちも四郎と絶交したことになると思う。もちろん、中には師である平田家に内緒で四郎と交流を続けた者もいたであろうが、師への手前、それを大っぴらにはできなかったと思われる。だから絶交されて以後、平田門人から四郎への支援は激減してしまい、詰まる所、潜伏場所にも困る有り様になってしまったと思われる。それだけ、それまでは平田門人からの様々な支援があったのだろう。四郎と行動をともにしている以上、当然一作への支援も減ったであろう。

また豊後岡藩士の山県小太郎も、慶応二年の十二月頃から翌三年の正月まで、甲州八代郡上黒駒村の八反屋敷に潜伏していたらしい。だから小太郎も、四郎たちと同じ決起の計画に加担していたのかもしれない。

ところで筆者は、平田家からの小島四郎への絶交について、このような「平田家から絶交された」人物は四郎だけではなく、他にもいたのではないかと考えている。今回、四郎が平田家から絶交された理由は定かでないが、四郎が決起を画策していたからだとすると、当然他にもこのような過激な人物はいたと思うからである。

このことの裏付けとして、筆者は以前、薩摩藩に平田門人が多いことに興味を持ったので、実際何人の平田門人がいるか調べてみたことがある。その際、『平田篤胤全集　別巻』(名著出版)の「誓詞帳」をもとに数えてみたところ、誓詞帳の初め(文化元年)から終わり(明治九年)までで、薩摩出身者は百六名であった。また江戸時代(慶応以前)に限ってみると、七十四名であった。

ただし薩摩藩や鹿児島県と誓詞帳には書かれていても、中には実は他藩（他県）出身だという者もいるかもしれないし、また逆に他藩（他県）出身と書かれていても、実は薩摩藩や鹿児島県の人間であるかもしれないので、実態の数は多少増減するかもしれない。

その門人の顔ぶれを見ると、幕末時にある程度有名な人物としては、ともに西郷の盟友で誠忠組、そしてほぼ西郷と同年齢の税所篤と岩下方平《みちひら》（「まさひら」ともいう）がいる。岩下は薩摩藩の家老になった人物である。また少し年齢は下がるが、同じ誠忠組でのちに陸軍中将になった野津鎮雄《しずお》、三田の薩摩藩邸の留守添役だった関太郎、一風変わったところでは久光の四男の島津珍彦《うずひこ》がいる。

しかし、これら百六名の薩摩藩平田門人の顔ぶれを眺《なが》めて、筆者は正直「地味で穏健《おんけん》な人物ばかりだな」と思った。なぜなら、西郷はもちろん、大久保や吉井、伊牟田や益満、または寺田屋事件で斬られた有馬新七など、注目度が高く華々しい活躍をした、いわゆる「スター」的な人物が見当たらなかったからである。

だが『気吹舎日記』によれば、西郷は嘉永・安政年間に四回、気吹舎を訪れている。そして三回目の訪問である安政二年十一月二十九日には、同じ薩摩藩士の相良甚之丞を同道し、相良はこの日に入門し、その紹介者に西郷はなっているのである。しかし普通に考えれば、入門していない者が「紹介者」になるということは、つまり自分が入門していないのに他人に勧めるということは、やはり少し変である。

　さらに、文久元年五月二十九日付で益満休之助は平田家に宛てて手紙を書き、前日の二十八日に水戸浪士がイギリス公使のオールコックらを襲撃した、東禅寺事件の詳細（事件の経過、襲撃人数、出身藩、連合の有無）を尋ねている。しかしこれも、こんな込み入ったことを門人でもない人間が手紙で訊くのは少し非常識だと思うし、前述のように薩摩藩は平田門人が多いのだから、無関係な益満ではなく、門人の誰かに代わりに訊いてもらえばいいと思うのである。

　ところで田﨑哲郎氏によれば、「薩摩藩の学問についての若干の考察」（『日本歴史』二〇〇八年五月号）において、三河の平田門人である羽田野敬雄《たかお》が平田銕胤《かねたね》から慶応二年十二月十九日に受け取った手紙に、「薩の要路ニ居候者ハ大抵同門ニ御座候」（薩摩藩の有力者の多くは平田門人である）と書かれているという。

　そして田﨑氏はその論文の中でこのことを立証し、「薩摩藩では藩主層をはじめかなりの藩士たちが平田国学の影響を受けており」、「薩摩藩では幕末維新期平田国学が思想的大枠《おおわく》をなしていたといえよう」と結論付けている。

　従って前述の西郷と益満の事例と、右の「薩摩藩の有力者の多くは平田門人である」との見解を鑑みると、筆者は西郷や益満も、もしかしたら一時は平田門人だったのではないかと思うのである。それが、何か小島四郎のように平田家の忌避に触れて絶交を言い渡されたかして、門人名簿から抹消されてしまったのではないか。

そうして、そのような危険人物、問題を起こしそうな人物を名簿から抹消していった結果、前述の薩摩出身者の名簿のような、地味で穏健な人物だけの名簿ができ上ったのではないだろうか。

ただし、このような絶交や門人名簿からの抹消が事実だったとしても、筆者は何も、平田家のこの行為を批判している訳ではない。むしろ気吹舎が、塾か宗教団体か秘密結社かいずれだったにせよ、自分たちの集団を守るためには、当たり前の慎重な行為だったと思う。その甲斐あって、平田国学は明治以降も生き延びたのである。

7

慶応三年正月。転々としながら潜伏している四郎たちに、予期せぬ知らせが届いた。昨年の十二月二十五日、孝明天皇が崩御《ほうぎょ》されたというのである。四郎たちは仰天《ぎょうてん》した。

「何い。して、ご死因は？」

「ご病死とのことです」

「そんな馬鹿な。帝はまだ、四十歳にもなっておられないほど、お若かったはずだ」

「……」

知らせに来た浪人も、黙り込んでしまった。そばで聞いていた一作が四郎に言った。

「四郎、帝の死が何を意味するか分かるか」

「――」

四郎は、一作が何を言わんとしているのか分からず、茫然としていた。

「先の帝は大の異国嫌いで、しかも佐幕派でおられた。我々尊皇攘夷派が今一つ倒幕に突き進めなかったのも、帝が佐幕派でおられたからだ。その帝が亡くなられたということは」

「倒幕が加速される訳だな」

「ああ。それも急激にな」

四郎は武者震いした。

「もう、公家たちを苦労して入説する必要もないかもしれん」

「そうか」

「だから四郎、我々も今一度、倒幕計画を練り直した方がいいと思う」

「それは分かるが、そのためには安全な隠れ家が必要だ」

平田門人からの支援が無くなった四郎たちは、窮地《きゅうち》に陥《おちい》っていた。もちろん赤坂の実家に戻ることもできなかった。戻れば、家族を巻き込んでしまう恐れがあったからである。

「どうする。潜伏先は数日で変えないと、いずれ幕府に捕まってしまうぞ」

「しかし、潜伏先があまりに少な過ぎる」

「薩摩藩邸はどうだ」

「もう西郷は帰ってきたのか」

西郷は慶応二年十月二十五日に京の薩摩藩邸に戻ってきていたが、江戸の四郎たちには知りようがなかった。

「分からん。だが、たとえ帰ってきたとしても、京の話だろう。江戸には関係ない」

「じゃあ、薩摩藩邸は駄目だな」

「それじゃ、長州藩邸はどうだ」

「長州は、ついこの間まで幕府軍と戦っていた。どうやら戦には勝ったらしいが、とても我々を藩邸に匿《かくま》う余裕はないだろう」

「他に、勤王で有名な藩はないか」

「もはや、水戸もあてにできないしな」

誰かが呟《つぶや》いた。場を沈黙が支配した。

「ならば仕方がない。みんな、どうだろう。これからは単独で行動してみては。一人の方が潜伏し易いし、一作さんも一人なら、平田門人の家に行けるだろう」

皆無言で頷《うなづ》いた。もはや選択の余地は無かった。

「状況が変わったら、必ず連絡する。それまで、どうか辛抱して潜伏して欲しい」

その後、一同は散り散りに分かれて潜伏した。

第七章　土邸浪士

1

四郎は江戸中を逃げ回った。幕末の浪士の捜索といえば京の新選組が有名だが、新徴組など、江戸の幕府方組織の捜索も執拗《しつよう》だった。四郎は意識的に、実家がある赤坂から離れた所に潜伏した。実家の近くで潜伏したら、主君の酒井家や家族に見られてしまう恐れがあったし、また捕まった際にも、酒井家や家族に知られてしまうかもしれなかったからである。

その日も、四郎は赤坂とはちょうど江戸城を挟《はさ》んで反対側にある、小石川の辺りを宵《よい》の口町人に扮《ふん》して歩いていた。隠れ家に食糧が無くなったので、食べ物と酒を買いに来たのだ。元々郷士の身分である四郎には、町人の身なりをすることに、さして抵抗感は無かった。そのせいもあって、町人姿の四郎は誰が見ても、倒幕運動の指導者には見えなかった。

その辺りは下級旗本の屋敷街で、こじんまりとした家が整然と並んでいた。一路酒屋を目指す四郎の耳に、どこからともなく声が聞こえてきた。何気なく四郎が向かって行くと、そこには剣術の道場があった。その声とは、道場での気合の声だったのである。宵の口ではあったが、冬で日が短かったのでまだ時間が早く、道場では多くの人々が稽古に励んでいた。

道場の門には、立派な看板が立てられていた。

「忍心流山岡道場？」

看板を見た四郎にはピンと来た。

（ここは山岡さんの家だ）

四郎は、以前自分の家まで訪ねて来て、自分の迷いを払拭してくれた山岡鉄太郎の顔を思い出した。そして、今回も山岡に相談してみようと思い付いた。

（確か山岡さんは、かつて清河さんを自宅に住まわせていたと聞いたことがある。ならば、俺も匿《かくま》ってくれるかもしれん）

四郎は食糧を買うと一旦隠れ家に戻り、夜が深まるのを待った。門人たちが大勢いてはまずいと思ったからである。

夜、再び四郎は山岡の家に行った。住み込みの門人に案内されて客間に行くと、後から鉄太郎が現れた。

「やあ小島さん、お久しぶりです」

「はい。その節はどうも」

突然自宅に現れた鉄太郎に京に行くように勧められたのは、およそ一年前のことだった。

「貴殿のお噂は兼《かね》がね伺っております」

「あまりいい噂ではないと思いますが」

言い終わってから四郎は鉄太郎の表情を窺《うかが》った。自分がお尋《たず》ね者であることを鉄太郎は知っているはずなのだが、特に動揺しているようには見えなかった。だから、自分を捕まえて幕府に突き出すようなことを鉄太郎はしないだろうと、四郎は少し安心した。

出されたお茶を一口啜《すす》り、思い切って四郎は鉄太郎に打ち明けてみた。

「今日はお願いしたいことがあって参りました」

「さて、何でしょうか」

言葉とは裏腹に、鉄太郎には四郎が言おうとしていることの、おおよその見当はついていた。

「実は、某《それがし》を匿って頂きたいのですが」

「貴殿には、以前薩摩藩士の伊牟田を紹介しました。ですから、薩摩を頼ったらいかがですか」

「確かに、京では伊牟田さんや益満さんにお世話になりました。しかし、いまだに西郷さんにはお会いできていません。ですから、京でならともかく、江戸では薩摩を頼れません」

「……」

鉄太郎は無言で四郎を見つめていた。どうしたものかと、鉄太郎は思案していた。四郎も、それ以上は話さなかった。すると、おもむろに鉄太郎が口を開いた。

「拙者を信用して打ち明けて下さったのに申し訳ないが、やはり拙者は幕臣です。到底貴殿を匿うことはできません」

「そうですか」

四郎は落胆した。

「ですが、こうしてせっかく訪ねて来て下さったのですから、一つ耳寄りな話を致しましょう」

「はい」

「築地の土佐藩邸に、乾退助という人物がいます。この人物は土佐藩の上士でありながら下士にも寛大で、あまり身分に拘《こだわ》りません。加えて熱心な尊攘派です。どうでしょう。この人物を頼って土佐藩邸に行かれては」

「土佐藩はかつて武市半平太《たけちはんぺいた》殿がおられた頃は、確かに尊攘派でした。しかし、武市殿ら多くの尊攘派が処罰されて以来、あの藩は佐幕派になってしまったと聞いておりますが」

「かつて拙者の同志に、間崎哲馬という非常に頭の切れる男がいました。間崎は土佐の出身で、一時は容堂公からも信用され重用されていたのですが、ある事件を切っ掛けに容堂公の逆鱗《げきりん》に触れ、切腹させられてしまいました。その間崎が、大きな期待を寄せていたのが乾だったそうです。間崎は度々拙者に言っていました。乾は真の尊攘の志士だと」

四郎も間崎という名前は聞いたことがあり、間崎が清河八郎や鉄太郎と親しかったことも知っていた。

「おっしゃることは分かります。しかし、某はどうしてもあなたのことが解《げ》せない。あなたは幕臣でありながら尊攘派であられる。そして某を尊攘の道に導いて下さる。失礼ながら、一体あなたの目的は何なのでございますか」

四郎は以前から思っていた疑問を、ここぞとばかり鉄太郎にぶつけてみた。

「先ほども言いました通り、拙者は幕臣ですから当然佐幕派です。しかし、現状の幕府のままでもいいとは思っていません。必要な改革は行うべきだと思っています。そして尊攘派として、この日の本の国の行く末にも、拙者なりに大いに危機感を持っています。ですから拙者の言動は、そういった気持ちの表れだと思って下さい」

誠意と苦悩に満ちた鉄太郎の言葉だった。四郎は今まで抱えていた疑問が薄れ、清々《すがすが》しい気持ちになった。

「分かりました。それでは土佐藩邸に行ってみます」

「では、夜分お気を付けて」

四郎は隠れ家へと帰って行った。

慶応三年二月、四郎は江戸築地の土佐藩邸に行き、乾（後の板垣）退助に事情を説明し、以後土佐藩邸で匿われることになった。この時、天狗党筑波山挙兵の敗残兵である、水戸浪士の中村勇吉も土佐藩邸におり、当時は中村が浪士たちを率いていたという。

この時期の各藩邸は、文久の幕政改革によって大名の妻子が国元に帰れるようになったこともあり、大幅に藩邸に居住する人員を減らしていた。もちろん土佐藩も例外ではなかったので、かなりの部屋が空《あ》いており、中村や四郎たちを匿うことができたのだった。

間崎哲馬は土佐出身の儒者で、土佐勤王党員であった。一時は山内容堂の補佐役に抜擢《ばってき》され、青蓮院《しょうれんいん》宮から令旨《りょうじ》を得て藩政改革を行おうとした。結局令旨は得られなかったが、このことを容堂に咎《とが》められ、間崎は切腹させられた。文久三年六月八日のことであった。

2

筆者は、慶応三年の二月頃から、関東の倒幕派の間で、新たな倒幕計画が練り直されたと考えている。その切っ掛けの一つは、慶応二年末の孝明帝の崩御《ほうぎょ》だったと思う。孝明帝は頑固な佐幕派だったからである。その孝明帝の崩御によって倒幕の動きが加速した。だから孝明帝の死によって倒幕派が受益者となった。ゆえに岩倉などの倒幕派が、倒幕を推進するために孝明帝を毒殺したのではないかとの噂が、当時から囁《ささや》かれているのである。

新たな倒幕計画が練られたことは、前述した結城四郎の、門人たちの氏名や住所を記載した「門人書」からも窺《うかが》える。結城はそれ以前には、甲斐から相模、武蔵へと、主に甲州街道付近で剣術の指導をしていた。特に慶応二年には、多摩郡の小山田《おやまだ》や小山《おやま》、図師《ずし》といった、現在の東京都町田市で門人を獲得していたが、翌慶応三年の二月からは、現在の神奈川県大和市、そして五月には厚木市と、急遽《きゅうきょ》活動範囲を南下させているのである。

これは、のちの薩邸浪士の行動に照らせば、慶応二年以前には甲府城の攻撃を想定して門人を獲得していたのが、慶応三年以後は甲府城から、東海道筋の小田原城や、厚木の荻野山中陣屋へと具体的な攻撃目標を変更したか、または甲府城に小田原城や荻野山中陣屋を加える形で攻撃目標を拡大したかの、どちらかではないかと思うのである。

ではこの計画変更を誰が行ったのか。恐らくは土佐藩邸に匿われた四郎たち浪士と、関東の倒幕派の志士たちが連絡を取り合って行ったのであろう。ただ、浪士たちを土佐藩邸に匿った乾（板垣）退助も、もしかしたらその計画変更に携《たずさ》わっていたかもしれないと思う。のちに乾は土佐に帰郷した際に、浪士を匿って反乱を起こそうとしているとの咎《とが》で、危うく切腹させられそうになっているので、ただ匿っていただけとも思えないのである。

どうも退助は、江戸詰めをしていた慶応年間には、尊攘倒幕の志士活動をしていたらしい。では具体的に、どんな活動をしていたのかは不明だが、『相楽総三とその同志』（長谷川伸）の「木村亀太郎泣血記」では、当時を回想する退助が「わしが江戸で藩の――土佐の兵隊の長をしていた頃だった、幕府のものに追いかけられて、総三さんの屋敷に隠匿《かくま》ってもらったことがあった。そうだ赤坂の大きな屋敷だった。それからまた、総三さんが危ないとき、今度はわしが総三さんを土州屋敷へ連れこみ隠匿ったことがあった」と話していることからも窺える。この回想話が事実だとすると、退助が四郎を土州屋敷で匿う話は、慶応三年二月のことを指しているのであろうか。

それにしても、土佐藩士の退助が幕府に追われるというのは、何をしたからであろうか。挙兵計画か、それとも裕福な商家にでも押し入って、軍資金調達のために強盗でもしたのであろうか。

実際に、退助がどこまでこの時期の、土佐藩邸での討幕挙兵計画に関与していたかは分からない。しかし、自藩の藩邸に匿っている浪士たちの計画なので、その中身を全く知らなかったということも考えにくい。しかしいずれにせよ、退助が討幕挙兵の意志を持っていたことは確かだと思う。もしその意志が無かったら、当然四郎たちを匿うことはなかったと思われるからである。

退助の尊攘歴は文久年間に遡《さかのぼ》る。文久元年の末頃に江戸にやって来た退助は、文久三年一月に容堂に随従して江戸を発つまでの一年余り、江戸で過ごしている。つまり、文久二年は丸々江戸にいたことになるが、その間に前述の間崎哲馬など土佐勤王党系の人々と交わり、さらに水戸藩士らとも交流して、尊皇攘夷思想に染まっていったものと思われる。だから山岡鉄太郎とも、あるいは退助はどこかで面識があったかもしれない。

文久三年に容堂に随従して土佐に帰った退助を、中岡慎太郎が訪問した。その時退助は、かつて慎太郎が自分を斬ろうとしたことを非難したが、あっさり慎太郎がそのことを認めたために、かえって二人の間に友情が芽生《めば》え、その友情は慎太郎が暗殺されるまで続いていくことになる。

前述の通り西郷にしろ、退助にしろ、中岡と昵懇《じっこん》になった人は主戦派・倒幕派になった人が多い。これは誠実さ、説得力、感化力といった、中岡という人物の人格と能力に負うところが大きいと思われるが、その中岡に唯一《ゆいいつ》感化されなかったのが坂本龍馬なのかもしれない。ただしその龍馬も、もし大政奉還が成就しなかったら、その時は徳川慶喜を暗殺するつもりであったことが分かっている。ということは、多少は中岡の影響を受けていたといえるのかもしれない。

従って、この時期の四郎たちは、薩邸浪士ならぬ土邸浪士であった。それが、後述するが、のちに四郎たちの身柄《みがら》が土佐藩邸から薩摩藩邸に移されるに及んで、改めて彼らは薩邸浪士となったのである。だから、江戸擾《じょう》乱も西郷が案出した策ではなく、元々は退助が、またはそれ以前から四郎ら関東の志士たちが描いていた策だったのである。

それが退助の案出した策である可能性の根拠は、繰り返しになるが、結城四郎が東海道筋に門人を獲得し始めたのが慶応三年の二月であり、この頃から小島四郎たちが土佐藩邸に匿われたからである。また想像をより逞《たくま》しくすれば、明治十年代に神奈川県の荻野では自由民権運動が盛んになるが、明治十六年の七月には退助も荻野を訪れている。すると、もしかして退助の脳裏には、幕末時から「荻野」という地名が刻み込まれていたのかもしれない。

3

慶応三年三月。四郎は思い切って退助に打ち明けた。

「乾さん。我々は、京に行こうと思っているのですが」

「京？　なぜ急に？」

「江戸では我々はお尋ね者です。ですから、ほとぼりが冷めるまで、少し江戸を離れようかと思いまして。それに……」

「それに？」

「もはや、江戸にいても手詰《てづま》りで何もできません。ならば現状を打破すべく、いっそ京に行った方がいいかと」

「具体的に当てはあるんですか？」

「昨年某《それがし》と石城さんは、鷲尾卿などの公家と薩摩藩に入説していました。ですから、今回もその線で当たってみようと思っています」

「ふうむ。しかし、滞在場所はどうするんですか。済まないが、京の土佐藩邸には行けませんよ。この江戸では拙者の個人的な裁量で、皆さんをお受けしているのですから」

「分かっています。昨年世話になった仲間の所に行くつもりです」

「そうですか。あなたは小島家の方ですから、資金面に問題はないでしょう。ならば、お引き留めする理由はありません。ただし暮々も気を付けて下さい。藩邸内にいれば皆さんは安全ですが、一歩藩邸外に出れば、いつ幕府の連中に踏み込まれるか分かりませんから」

「はい」

「もし向こうで何か問題が起こったら、いつでもここに帰ってきて下さい。遠慮する必要はありません。我々は同志なんですから」

退助の「同志」という言葉が四郎の胸にしみた。四郎と石城一作は、再び京へ向かった。

四郎は、慶応三年三月十九日付と同年五月六日付の二通の手紙を、京から江戸赤坂の実家へ送っている。二つの手紙の間隔は約一カ月半しかないので、恐らく四郎は、この期間は京に居続けたのであろう。

京に着くと、四郎と一作は早速薩摩藩邸を訪ねた。しかし、またしても西郷は鹿児島に帰っていて不在だった。この頃西郷は、四侯会議の準備で多忙だった。鷲尾卿への入説も、結果は昨年と同じだった。鷲尾卿の威勢はいいが、如何《いかん》せん討幕の兵が集まらなかった。

翌四月になると、英国公使のパークス一行が敦賀に向かう際に伏見を通過することに対し、滋野井公寿《きんひさ》や鷲尾隆聚らが夷人の洛中潜伏を危惧《きぐ》し、朝廷に対策を求めた。しかし、これが朝廷の忌避に触れ、滋野井や鷲尾らは差控を命じられてしまった。

この英国公使の伏見経由敦賀行きは、薩摩藩が唆《そそのか》して実現したとされている。このことは、公使一行の伏見通行に反対しなかった廉《かど》で、三人の議奏（広橋胤保《たねやす》、六条有容《ありおさ》、久世通熙《みちさと》）と一人の武家伝奏（野宮定功《さだいさ》）の計四人の公卿が、その地位を追われたことからも窺える。彼ら四人は佐幕派だったといわれており、薩摩がまんまと佐幕派に打撃を与えた形になったからである。

また『徳川慶喜公伝』によれば、滋野井や鷲尾らが朝廷に上申する前に、実は土佐藩と岡山藩の浪人それぞれ二名ずつが鷲尾隆聚の下を訪れ、夷人が洛中に潜伏したらどうなるかと脅《おど》し、鷲尾らに上申するよう迫ったらしいのである。この浪人たちは、自分たちで考えて鷲尾邸を訪問したのか、それとも薩摩藩などに教唆《きょうさ》されたのかは分からない。ただ時期や、鷲尾、土佐、薩摩との関係から考えて、もしかしたら四郎や一作もこの件に絡んでいたのかもしれない。しかし、いずれにせよ頼みの綱であった鷲尾が差控になってしまったので、四郎たちは四侯会議の動向を見守ることしかできなくなってしまった。

四侯会議は五月四日に始まった。この会議の主な議題は、兵庫の開港問題と長州への処分問題であり、参加者は将軍慶喜と、島津久光（薩摩）、松平春嶽（越前）、山内容堂（土佐）、伊達宗城（宇和島）であった。しかし、実際は慶喜（幕府主導）対久光（列侯会議主導）の主導権争いといった感が強かった。だから容堂は会議を欠席し勝ちであった。容堂の本心は佐幕だったが、久光の手前、あからさまに慶喜に追従するのも気が引けたからであろう。

結果的に会議は兵庫開港と長州寛典に決まったが、会議を主導したのは慶喜であった。従って、これは事実上久光と薩摩藩の敗北であった。そしてここに至り、薩摩藩は藩論を公武合体から倒幕へと大きく舵《かじ》を切ったのだが、一方の土佐藩は、逆に佐幕へと舵を切ったのであった。

しかし薩摩藩は、土佐の山内容堂が会議の当初から、佐幕色が強いことに懸念と不満を抱いていた。だから薩摩は四侯会議の終わりを待たず、会議日程の途中で早々と容堂を見限り、土佐藩の倒幕派である乾退助の抱き込みを模索《もさく》した。そこで薩摩は、会議が終わらないうちに、江戸土佐藩邸の退助に上京を打診したのである。

もちろん四侯会議の結果、退助が京に来ることになろうとは、四郎と一作は知る由も無かった。

4

江戸赤坂、小島家。四郎の父の兵馬が、書斎で四郎からの手紙を読んでいた。そこへ、手紙のことを聞きつけた照と河次郎が現れた。河次郎は三歳（満二歳）になっており、まだよちよち歩きだが、歩けるようになっていた。

「お義父上《ちちうえ》様、四郎様からお手紙が来たって本当ですか」

「ああ、これじゃ」

兵馬は読み終わった手紙を照に渡した。

「読んでも宜《よろ》しいですか」

「もちろんじゃ」

照は一気に手紙に目を通した。

「お前のことも書いてあるじゃろう」

「はい」

読み終わると、照の目に涙が溢《あふ》れた。

「そんな悲しむようなことは、書いてなかったはずじゃがのう」

慌てて兵馬が言った。

「いいえ、違います。あんまり嬉しくて」

「そうかそうか」

照の言葉を聞いて、兵馬はほっとした。昨年の慶応二年二月に家をあとにして以来、一年以上音信不通だったので、照の喜びようは無理もなかった。四郎は度々江戸には帰っていたが、実家には帰っていなかったのである。

「でも、京は物価も高いし物騒《ぶっそう》みたいで、大変そうですね」

「そうじゃのう。無事でいてくれればよいが」

また四郎は手紙の中で、信州の人を実家に泊めてあげて欲しいと書いている。この信州の人とは石城一作のことであろう。

「私、氷川神社に行ってきます。神様に四郎様からお手紙が届いたことのお礼を申し上げて、あと四郎様の無事も祈ってきます」

早速照は、幼い河次郎と手を繋《つな》いで家を出た。氷川神社の木々は青々と茂り、新緑が眩《まぶ》しかった。照はお賽銭《さいせん》を投げ入れ、手を合わせてお祈りした。横の河次郎も、母親の真似《まね》をして手を合わせていた。お祈りが済んで、照が後ろを振り返ると、一人の小柄な侍が立っていた。

「奥さん、何かいいことがあったようだね」

「あ、勝様」

勝海舟だった。照は慌ててお辞儀をし、河次郎にもお辞儀をさせようとした。

「いいっていいって。今の俺はただの近所の住人よ」

勝は、畏《かしこ》まろうとする照をいたわった。

「ここは俺の散歩道でね、よく歩いてるんだ。その散歩中、俺は度々奥さんをここで見掛けたんだが、奥さんはいつも浮かない顔をしていた。それが、今日はまるで別人のようだ」

「実は、京にいる夫から初めてお手紙が来たんです」

「ほう、そいつは何よりだ。で、ご主人は京で何をしてるんだい？」

「それは……」

照は口籠《ごも》った。照は夫が何をしているのか、詳しいことは何も知らなかった。また仮に知っていたとしても、それをそのまま勝に話してはいけないことは分かっていた。

「ははは、冗談だよ奥さん。少なくともご主人の仕事に関しては、奥さんより私の方が詳しいよ」

照は俯《うつむ》いて顔を赤くした。

「じゃ質問を変えよう。京に発つ前、幕臣の山岡鉄太郎がご主人に会いに来たでしょう？」

「あ、はい」

「そうかい」

(やっぱりな)

勝は照に気付かれぬよう、心中で納得した。鉄太郎は尊攘派として幕府内で通っていたのである。

「しかし奥さんも大変だねえ。あのご主人は志を持っているらしいから、到底家にじっとしてはいられない男だ。あんた、これからも苦労するよ」

「はい、覚悟しております」

照は明るく答えるとお辞儀をし、河次郎と家に帰っていった。

ところで四郎からの二通目の五月六日付の手紙で、四郎は金の無心をしている。その中で、宛名は「久兵衛方より誰迄」と添え書きすれば、必ず自分に金が届くと四郎は書いている。そして四郎は、「久兵衛と申す者は、私が懇意にしている町人」と書いているが、この久兵衛とは、恐らく伊勢屋の池村久兵衛のことであろう。

5

慶応三年五月、退助は薩摩の要望に応えて京に上った。退助が京に着くと、退助を歓迎する宴《うたげ》が持たれた。五月十八日は近安楼で、参加者は乾退助と福岡藤次《とうじ》（孝弟《たかちか》）、中岡慎太郎、芸州広島藩士の船越洋之助等、翌十九日は大森で参加者は乾退助と中岡慎太郎、毛利恭助《きょうすけ》、谷守部（干城）等であった。

二日目の方が互いの緊張もほぐれ、また土佐人だけの会だったこともあり、退助と慎太郎は熱のこもった議論をした。退助は慎太郎より一つ年上だった。

「乾さん、本当によく討幕をご決心下さいました」

「ああ」

退助は、猪口《ちょこ》の酒を口に運びながら答えた。すかさず慎太郎が訊いた。

「失礼ながら今一度。もちろん本気でございましょうな」

「くどい。慎太郎、儂《わし》も土佐の侍じゃ。武士に二言はないわ」

「ならば、大殿様へは何とご説明を」

大殿とは山内容堂のことである。

「下手な策略は無用じゃ。かえって大殿様のご機嫌を損《そこ》ねてしまう恐れがある。ありのままを申し上げるまでよ」

「もし大殿様がお聞き入れ下さらなかった時は？」

慎太郎は冷静に退助を追い詰めていった。

「その時は、大殿様の御前でこの腹かっさばくまでよ」

退助は一気に酒をあおった。すると、それまで冷静だった慎太郎が声を一段張り上げた。

「それは結構なお覚悟ですな。ですが、あなたはそれで御満足かもしれませんが、この日の本の国の行く末はどうなるのでしょうか。あなたがこれほど浅はかな方とは知りませんでした。この慎太郎、一生の不覚でござった」

参加者一同が息を呑《の》んだ。退助が激昂しても不思議ではない場面だった。しかし、逆に退助は神妙に答えた。それほど二人の信頼関係は強固であった。

「慎太郎の言う通りじゃな。よし、大殿様が幾らお聞き入れにならなくても、儂は何度でも説得する。決して諦《あきら》めんし、自害もせん。して、最悪の場合は――」

「――」

一同が固唾《かたず》を呑んで見守った。

「とにかく、儂に任せい。必ず何とかしてみせるきに」

退助が何を言うか心配したが、皆安堵《あんど》の表情を浮べた。一同を見回し、慎太郎が告げた。

「その意気でござる。これで、我らの運命は決まりました。それでは、早々に乾さんを薩摩の西郷さんにご紹介しましょう」


慎太郎は二十一日に西郷に手紙を書き、その日に退助と西郷の初顔合わせが実現した。退助と慎太郎らは、二十一日の夜に会見場である御花畑の小松帯刀邸に向かった。薩摩側は小松と西郷、吉井が応対した。

（これが西郷か）

大きな目と体。初めて見る西郷は一度見たら忘れられないほど、確かに異様な男だった。

（安倍貞任《あべのさだとう》、後免《ごめん》の要石《かなめいし》か。ふふ、慎太郎も面白い喩《たと》えをする）

安倍貞任は平安時代の奥州の武将、後免は土佐の地名、要石は力士の名である。貞任も要石もともに巨漢で、以前に慎太郎が『時勢論』の中で西郷をこの二人に喩えたのである。

慎太郎に紹介された後、早速退助は西郷ら薩摩人たちに詫《わ》びた。

「我が老公が貴殿らのご期待に添えず、誠に申し訳ございません」

「――」

西郷たちは黙礼した。退助は、主君の容堂が四侯会議に臨みながらも、佐幕的態度に終始し、将軍慶喜に妥協的だったことを詫びたのだ。

「確かに弊藩には俗論派が多い。ですが、土佐には拙者の同志もおりますので、有事の時は我らが藩を代表して参戦します。ですから、どうか三十日の猶予を与えて頂きたい。そうすれば、必ず我が兵を用意してご覧に入れる。もし、それができなければ、腹を切ってお詫《わ》びします」

退助は一気に捲《まく》し立てた。西郷も退助の気迫を感じ、大きな目をさらに見開いた。

「いや、拙者が人質として残る。もし乾さんがそれを実行できなかったら、拙者が腹を切りましょう」

慎太郎が言い放った。皆沈黙し、室内を静寂が支配した。その静寂を西郷が破った。

「こいは愉快、お二人ともご立派でごわす。もはや議には及びませぬ。お二人を信じもす」

一転して場が和《なご》んだ。退助も笑った。しかし胸中には、別の思いが湧《わ》き起こっていた。

(俺と慎太郎は討幕の決意を示した。しかし西郷は、まだ自《みずか》らの決意を示していない)

そこで退助は、西郷に探りを入れてみた。

「ところで西郷さん。一つ気掛《きが》かりなことがあるのですが」

「何でごわす?」

「実は拙者、江戸の藩邸に浪人たちを囲ってござる。その目的は他日京で挙兵した際に、関東でも彼《か》の者らに挙兵させ、東西で相呼応するためでござる。ただ、この度拙者が上京するので、彼の者らのことを藩邸の若い者たちに頼んできたのですが、このことがどうにも心配でなりません」

「はい」

西郷は頷き、退助に続きを促した。

「そこで、この浪人たちの世話を、薩摩藩邸でお願いする訳にはいきませんでしょうか」

「ほう」

西郷は驚いてみせた。そして、すぐさま思った。

(俺《おい》の腹を試すつもりでごわすな)

西郷の両隣にいた小松と吉井は、聞いていて気が気ではなかった。何をしでかすか分からない浪人たちなど、厄介者《やっかいもの》以外の何物でもなかった。特に吉井は退助に会いに土佐藩邸に行った時に、得体の知れない浪人たちを多数見掛けていたので、露骨に嫌な顔をした。

「分かりもした。彼の者たちは、薩摩藩でお預かり致しもす」

西郷が答えると、退助は安堵の表情を浮べた。しかし、その一方で退助は、西郷が芝居をしているのではないかと疑いの目を向けていたが、どうやらそれは杞憂《きゆう》のようだった。

ここに、薩土密約と呼ばれる討幕のための密約が締結された。ただし、薩土とはいっても藩と藩の密約というよりは、実際には西郷吉之助と乾退助との個人的な密約に等しかった。その密約の象徴が、小島四郎ら浪士たちの共有だったのである。

ただ、実際に浪人たちが土佐藩邸から薩摩藩邸に移ったのは、十月初旬であったという。なぜ五月二十一日に打診したものの実行が十月になったのか、その理由は定かではないが、このことが、退助が西郷の腹を探ったのではないかと筆者が考える理由の一つである。この件はのちにまた触れる。

小松邸からの帰り道。二人は先刻の会談の反省をしながら歩いた。

「乾さん、やりましたね」

「お前の援護射撃のお陰《かげ》だ。だけど、よく西郷が浪人たちを引き受けたもんだな」

「西郷さんは、我々の思いを全て呑み込んで下さったんでしょう」

「だといいがな」

「あとは、大殿様ですね」

「ああ。一番厄介なのが、最後に残っちまった」

「ここから先は、拙者には何の援護射撃もできません」

「分かってる。まあ俺に任せとけ。大殿様とは、なぜか昔から相性がいいんだ」

今や天下に名の知れた志士とはいえ、生まれは土佐の百姓である慎太郎からすれば、何とも羨《うらや》ましい限りの退助の言葉であった。

翌二十二日、退助は容堂への謁見《えっけん》を許されたが、退助の顔を見た途端、容堂が一喝した。

「退助。その方、江戸におるべきところ、なぜ京におる？」

「大殿様のことが心配で、つい無断で参上してしまいました」

「ふん、たわけが。して、今日は何用じゃ」

側で聞いていた容堂の側近たちは皆震えていたが、当の容堂は表情に笑みさえ浮かべており、とくに不機嫌ではなさそうだった。この容堂との距離感が退助の最大の強みだった。

「本日は大殿様に御決断して頂きたく、参上仕《つかまつ》りました」

「何の決断じゃ」

「今や幕府の政治は乱れ、天下万民が苦しんでおります。幕府を討つのは今しかございません。薩長両藩は、すでに覚悟を決めております。ですから、どうか我が土佐藩も」

「退助、我が土佐は藩の成り立ちからして薩摩や長州とは違う。そんなことは、お前も知っておろう」

「はい。されど、このまま御決断が遅れますならば、他日薩長の陣門に、大殿様が御馬を繋《つな》ぐことになろうかと存じまする」

側近たちは皆畏《かしこ》まり、目を瞑《つぶ》っていた。今にも容堂が怒声を発するのではないかと、気が気ではなかった。しかし大方の予想に反し、容堂は無言だった。退助はここぞとばかり、畳み掛けるように話した。

「しょせん徳川家も馬上で天下を取ったものでございます。ならば、これを奪うのも、また武力をもってなされねばなりません」

「退助、また壮語するか」

容堂は苦笑した。普段の容堂とは違い、至って優しかった。内心、退助の言葉に同意し、期待する気持ちもあったのであろう。容堂の様子から退助は好機と見て、さらに続けた。

「大殿様。実は拙者、後日大殿様の御馬前《ごばぜん》を荒らすかと案じ、江戸の藩邸に関東の浪人どもを、彼《か》の者らに乞われるままに囲っております。この者どもの処遇を、いかが致しましようか。御上《おかみ》の手前、いっそ解き放つがよいか、それとも今しばらく留《とど》め置くべきか」

「放つは危なかろう。今しばらく留め置け」

「ははっ」

退助は用心のため、浪人について容堂の言質《げんち》を取ったのだった。

五月二十七日、容堂は四侯会議を尻目に、退助らを伴って土佐へと帰っていった。

第八章　前哨戦

1

六月二日、容堂とともに退助は帰藩した。途中大坂で、アルミニー銃を三百挺購入した。退助は土佐で同志を募《つの》り、これらの銃とともに京に攻め上り、約束通り薩摩藩に合流するつもりであった。帰藩後すぐ、退助は大監察に復職し、軍備改正主任となった。今や退助は土佐藩軍の改革において、主導的な役割を果たす立場となったのである。容堂に、京で今後の方針を全て打ち明けておいたことも心強かった。そして七月に入ると、いよいよ軍制改革に着手したのである。

四郎は伊牟田から急に呼び出され、指定の場所に急いだ。そこは、薩摩藩が馴染《なじ》みにしている茶屋の一室だった。四郎が部屋に入ると、すでに伊牟田が座っていた。

「やあ伊牟田さん、遅れてすみません」

「いやいや、俺《おい》の方が早く来過ぎたようでごわす」

「さて、今日はどのような」

伊牟田は口の前に人差し指を立てて、静かに話すよう促《うなが》した。

「実は、内々に四郎さぁに知らせておいた方がよかと思いもして」

「はい」

四郎はキョトンとしていた。

「土佐の乾さぁの件でごわす」

「……」

四郎は無言で頷いた。乾という名を聞いた途端、四郎は伊牟田の話が機密に属することだと理解した。伊牟田が小声で話し始めた。

「この度、薩摩と土佐は討幕のための同盟を結びもした」

「本当ですか」

四郎は驚きながらも、何とか小声に抑《おさ》えた。

「乾さぁが容堂公とともに土佐に帰ったことはご存知でごわすか?」

「はい、それとなく聞いております」

「そうでごわすか。実は乾さぁは、土佐に同志を集めに帰ったのでごわす」

四郎は黙って聞いていた。

「乾さぁは三十日で、集めた同志を率いて再び京に戻って来ると、言っておられもした」

「三十日後というと、いつですか?」

「今月の末頃でごわすか。あくまで早ければ、ということでごわんそが」

「それで、某《それがし》は何を」

「じゃって、四郎さぁもその心積りでいて欲しいのでごわす」

「――」

四郎は怪訝《けげん》な顔をした。

「乾さぁが京に着き次第、俺《おい》たちは決起しもす」

「――」

「そん時は、西郷さぁが四郎さぁを呼ぶと思いもす」

「はあ」

四郎は、これまでも散々西郷には焦《じ》らされているので、今回も半信半疑だった。

「そん時は確実に近づいていもす。じゃって、どうか俺の言葉を信じて、京で待っていったもんせ。よかごわすか。急な呼び出しに備え、京から出てはないもはん」

伊牟田は念を押した。

「はい」

「また、こちらから連絡しもす。あと、こん事は絶対に他言《たごん》無用に願いもす。もし誰かに話したら、幾ら四郎さぁといえど、命の保障はできもはんど」

「分かりました」

四郎は茶屋をあとにした。緊張のためか、全身にじっとりと汗をかいていた。

一方、六月二十二日に新たに薩土盟約が結ばれた。これは大政奉還による王政復古を目指すため、武力倒幕は原則回避することが定められている。三本木の料亭で、薩摩側は小松帯刀、西郷吉之助、大久保一蔵、土佐側は後藤象二郎、福岡藤次、寺村左膳、真辺《まなべ》栄三郎が出席したが、慎太郎と龍馬も有志代表として陪席《ばいせき》していた。

　薩土盟約の締結後、後藤は土佐に帰り、七月八日に容堂に大政奉還の建白を進言すると、喜んで容堂は賛意を示した。つまり、一旦は退助の武力倒幕の進言に賛同はしても、土佐藩を動かす容堂は、あくまで大政奉還による平和裏な政権交代を望んでいたのである。慎太郎は、いや慎太郎に限らずほとんどの出席者は、心中大政奉還がなされるとは思っていなかったであろうが、土佐藩の者である以上、容堂の意向には逆らえなかった。この顔ぶれを見ると、退助や谷、毛利は蚊帳《かや》の外だったようである。恐らく当初、彼らにはこの盟約のことは知らされていなかったのではないか。

　従って、この薩土盟約の成立により、土佐藩の藩論は再び大政奉還を基軸とした平和路線に、変更されてしまったのである。

　そのような京の情勢を知らない退助は、土佐でせっせと軍制改革に取り組んでいた。そんな退助を、土佐藩の保守派で大政奉還派である者たちが、容堂に訴えた。江戸の藩邸に浪人を匿っていることが、保守派に知られてしまったのである。実は退助は上京する際に、江戸の藩邸の刀鍛冶《かたなかじ》である豊永久左衛門に、匿っている浪士たちの世話を頼んでおいた。ところが、その豊永が土佐の保守派に、その浪士たちのことを密告してしまったのである。

元々豊永は、保守派の密偵だったらしい。

これを聞いた当初、土佐の保守派は驚いたが、すぐさま退助を退治することができると思い、ほくそ笑んだ。そして容堂にこう訴えた。

「乾退助は江戸で反乱を企てているから、死刑にするべきです」

「反乱を起こして、土佐を乗っ取るつもりです」

しかし容堂は京で退助から、江戸藩邸の浪人のことを聞いていたので、退助を弁護した。

「乾退助は乱暴な男だが、土佐を乗っ取ろうなどとは考えていないはずじゃ」

「――」

幾ら保守派が奸計を思い付いても、容堂にここまではっきり言われては、どうすることもできなかった。しかし君命による死刑が難しいのなら、暗殺してしまうしかない、という結論に彼らは達したのである。

この保守派の動きを危惧した討幕派は、退助に脱藩を勧めた。しかし脱藩してしまっては、もはや土佐藩軍を率いることは叶わなくなってしまうので、何とか退助は思い留《とど》まった。だが、このような土佐の分裂した状況では、精鋭を率いて上京することなど、やはり困難になってしまったのである。

伊牟田から聞いた薩土密約の件を、四郎は誰にも話していなかった。しかし、四郎は来たるべき決起に備え、今からできる限りの準備をしておこうと思った。そこで、四郎は石城一作に先に江戸に帰ってもらい、挙兵のための情報収集をしてもらうことにした。

「じゃ一作さん、頼んだぞ」

「分かってる。だが、本当は二人で準備した方がいいんだけどな」

「それもそうだが、誰か京に残っていないと、土佐や薩摩の最新の動きが分からない。やはり江戸よりは京の方が、西国雄藩の動きはよく分かるからな」

「確かに」

「以前に実家に出した手紙で、友人を実家に泊めてやって欲しいと頼んでおいたから、必要であれば俺の赤坂の実家に泊まってくれ。まあ、土佐藩邸でもいいんだが」

まだ四郎と一作は、江戸の藩邸に浪人を匿っていた廉《かど》で、土佐で退助が保守派から糾弾《きゅうだん》されていることを知らなかった。

「ご実家を巻き込んでもいいのか？」

「やむを得んだろう。何といっても江戸は将軍のお膝元だから、新徴組など、もしかしたら今頃は京よりも江戸の方が危険かもしれない」

「分かった。向うで落ち着いたら、また連絡する」

「館川衡平《こうへい》辺りにも、一作さんに合流して手伝ってくれるよう、頼んでおこう」

「衡平は平田の人間だが、大丈夫か」

「一作さんだって、平田の門人だろう」

「そりゃそうだが、お前が平田と絶交になって以来、俺にも風当たりが強いんだ」

「衡平は俺と平田の間を仲介する人間だから、もし平田家に見つかっても言い訳できる」

「そうか。ならば有難い。恩に着るよ」

2

一作は江戸に着くと、浅草三筋《みすじ》町で易者をしながら時機を待った。四郎は自分の実家に泊まれと言ってくれたが、やはり気が引けた。念のため、名は越野立斎と改めた。

その一作を、館川衡平が様子を見にやって来た。差し入れの弁当も持って来ていた。

「易者さん、ちょっと見てもらえますか」

「お、衡平か。いつも済まないな」

嬉しさのあまり、つい一作は大声を出してしまった。

「ちょっと、声が大きいですよ。それに拙者の名前を口にするのも止めて下さい。今、一作さんは潜伏しているんですよ。ちゃんと易者と客を演じて下さいよ」

衡平は口を尖《とが》らせ、小声で一作に言った。

「いや、悪い悪い。ちょうど腹が減ってたんでな。お前の顔が弁当箱に見えちまった」

「気を付けて下さい。最近はここいらも、幕府方の見廻りが厳しくなっていますから」

浅草の辺りは奥州街道がそばを通るので、奥州諸藩、とりわけ会津藩や庄内藩の動向を掴《つか》み易かった。恐らく一作も、その辺りのことを考えて、潜伏地を浅草にしたのだろう。

「ところで、どうですか。何か変わったことは?」

「特に目新しいことはねえ。いつものように、鋭い目付きの奴らが見廻りしてやがる。あいつら、恐らく新徴組の奴らだと思う」

「分かりました。あと、定例の寄合《よりあい》が二十三日にあります。出席できますよね」

「ああ、大丈夫だ」

「詳細はまた追って連絡します。それじゃ」

衡平は静かに立ち去った。定例の寄合とは、四郎とともに決起するのを待つ、一作と同志たちの集まりで、現在把握しているお互いの情報を交換し合う場であった。

七月二十三日、その寄合は目黒村の祐天寺の境内にある茶屋で行われた。ただし情報交換などと大層なことをいっても、結局は単に同志たちと飲み、語らうだけだった。参加者は毎回大いに酔い、かつて水戸藩で徳川斉昭の右腕といわれた藤田東湖が作った「正気歌」を、皆で合唱するのが通例となっていた。かなり煩《うるさ》いので、毎回茶屋の個室を取った。

集まった同志は、一作と衡平、それに松田正雄と中山信之丞の四人だった。松田は上野国甘楽《かんら》郡の小幡《おばた》藩出身、中山は下総国相馬郡出身で、松田以外の三人は平田門人だった。

皆酔いが回ってきたところで、最年長の一作が語り始めた。

「しかし、よりによって我ら尊皇の志士の集まりが、なぜ祐天寺で行われるのだ」

「は？」

「……」

一作の言わんとしていることが分からず、三人はキョトンとした。

「何が祐天寺だ。これは幕府が、我が国の神があるのを顧《かえり》みないのみならず、天朝様を侮蔑《ぶべつ》し、夷狄《いてき》の法である仏道を迷信した結果である」

一作が大声で言った。三人は慌てて、一作の口を押《おさ》えた。

「一作さん、もっと声を落として下さい。幾ら個室だって、誰に聞かれるか分かったもんじゃない」

「うるさい。黙って聞け！」

一作の目は据《す》わっていた。

「それに読経する僧侶などは、釈迦があるのを知って、神祇《じんぎ》があるのを知らぬ。また幕府があるのを知って、天朝様があるのを知らぬ。このような輩《やから》に、みだりに贅沢《ぜいたく》な禄を与えるのは、実に国家の恥辱である。幕府の失政、これより甚《はなは》だしいことはない」

一作は一気に捲《まく》し立てた。よほど日頃の鬱憤《うっぷん》が溜《た》まっていたのであろう。しかし、そばで聞いていた三人は蒼《あお》ざめた。逆に酔いが冷める思いだった。

しかし、今夜は一作たちの部屋より隣室の方が喧《やかま》しかった。それも男の怒鳴り声と、女の泣いて許しを請《こ》う声が聞こえてきたのだ。酔っ払って一人でしゃべっている一作をよそに、三人は壁越しに聞き耳を立てた。どうやら酔っ払った侍が店の女給に絡《から》んでいるようだった。どうにも我慢できなくなった三人は、隣室に行って侍に注意した。すると、何とその酔った侍は幕吏だった。浪人風情《ふぜい》にこけにされたと、その幕吏は怒りを露《あら》わにした。

ちょうど酔った一作がしゃべった幕政批判を別の幕吏が聞いていたので、幕吏たちは素早く捕り手を呼び、山門（仏教寺院の正門）の外で待機させた。寺社内で揉《も》め事を起こすと面倒なので、捕り手は四人が山門を出たら捕らえようと待っていたのである。

そうとも知らない四人は、その後もしばらく呑み続け、完全に酔っ払って千鳥足で祐天寺の正門を出た。すると突如、大勢の捕り手に囲まれてしまった。捕り手の長が叫んだ。

「不逞《ふてい》な浪人ども、神妙にせい」

「何だと」

一作が応《こた》えた。

「先ほどからの、茶屋でのその方らの不埒《ふらち》な会話、全て聞かせてもらったぞ」

「何が悪い。俺は正しいことを言ったまでよ」

一作が言うと、三人も続いた。

「不埒なのは、そっちの方だろ」

「その方らの言い分は奉行所で聞こう」

「嫌だと言ったら？」

一作が開き直った。この辺り、一作は豪気だった。四人とも、すでに酔いは醒《さ》めていた。

「ええい、ひっ捕らえい」

「いいか、散らばって逃げるぞ」

「はい」

四人は、それぞれ四方向に走りだした。結果、一作は捕らえられて伝馬町の獄舎に繋がれた。衡平は数カ所斬られ、何とか故郷の武蔵国大里郡吉見村に逃げ帰ったが、養生の甲斐なく八月十五日に没した。また中山は逃げ切れぬと判断して自害し、松田だけが当時まだ十代で一番若かったからか、無事に逃げ延びることができた。その松田も、同年十二月二十五日の薩摩屋敷焼討ちの際に脱出したが、逃走中川越藩兵に右肩を撃たれ、自刃した。

3

祐天寺の一件は、すぐさま関東の討幕派志士たちの間に広まり、伝馬町の獄舎に囚われた一作の奪還を叫ぶ者が多かった。しかし今獄舎を襲うことは、そのまま討幕の決起に発展してしまう恐れが大きかった。だから、時機の慎重な見極めが必要であった。下手に決起して幕府に潰《つぶ》されでもしたら、もう二度と決起できなくなってしまうかもしれなかったからである。

もちろん、祐天寺の一件は京の四郎の下にも届いた。しかし四郎の思いは、一作を心配する気持ちがある一方で、潜伏して情勢を探索する任務だったにもかかわらず、幕府方に捕らえられるという失態を犯した一作を非難する気持ちもあり、複雑であった。

だが今は一作を非難するよりも、とにかく彼を助けることが先決だと考え、四郎は一刻も早く江戸に帰りたいという思いが込み上げてきた。ところが、三十日で戻ると言って土佐に帰った退助が、一向に京に戻って来なかったのである。

堪《たま》らず、四郎は先日薩摩藩邸に行って伊牟田にじかに訊いてみた。すると伊牟田は申し訳なさそうに
「俺にも詳しいことは分かりもはん。じゃっどん、どうやら乾さぁの土佐での同志集めが順調にはいっていないらしか」

と四郎に言った。四郎は苛立《いらだ》ちながらも、これ以上は「暖簾《のれん》に腕押し」なので、さっさと隠れ家に帰ってきた。帰りの道中、四郎は
(確か、去年の今頃も同じようなことをしていたよな)

と思い、自嘲して笑った。昨年同様、四郎は薩摩藩邸からの連絡を待つしかなかった。

ところで伊牟田は、慶応三年七月に同じ薩摩人の寺田望南とともに伊勢神宮に参拝に行っている。だから、もしかしたら伊牟田も土佐の乾を待つのに退屈していたのかもしれな

い。しかし想像を逞《たくま》しくすれば、あるいは何か秘密の工作をしに行ったのかもしれない。

筆者がそう考える理由の一つは、西郷が「送寺田望南拝伊勢神宮」（寺田望南の伊勢神宮を拝するを送る）という題の漢詩を作り、寺田に送っているからである。なぜ京から伊勢神宮に行くのに、わざわざ詩を送るのだろうか。大して遠い訳でも危険な訳でもないからである。後年西郷は、フランスにいる弟の信吾や、渡欧する直前の村田新八に対して漢詩を送っているが、行き先が海外であれば詩を送るのも分かる。あるいは百歩譲って例えば薩摩から伊勢神宮に行くのであれば、まだ分からんでもない。

また題には寺田の名前しかなく、伊牟田の名前が無いのも不可解である。まさか伊牟田は陪臣だから、名前が省略された訳でもあるまい。西郷はそのような差別はしないと筆者は思う。あるいは寺田一人で行くはずだったところ、急遽《きゅうきょ》伊牟田が加わったのだろうか。

では、この伊勢神宮参拝と漢詩の件を筆者なりに推測してみると、西郷が伊牟田に秘密工作をさせるに当たり、幕府方の目をごまかすために寺田を付け、寺田に伊勢神宮参拝の漢詩を送った。伊牟田は参拝者の従者とでもすれば、漢詩に伊牟田の名が無くても不自然ではない。あるいは、伊牟田はかつてアメリカ使節ハリスの通訳であるヒュースケンを殺害した前科があるので、名を書くのを避《さ》けたのかもしれない。いずれにせよ、もし二人が捕まったとしても、例の漢詩を見せれば怪《あや》しまれずに済む。そうして二人は京から奈良に入り、天誅組が決起した五條の辺りや、この後鷲尾隆聚が決起する高野山の辺りを、探索や遊説、あるいは同志との情報交換でもしていたのではないか。ちょっと伊勢神宮からは道が逸《そ》れてしまっているが、何とか言い訳はできるであろう。または、より想像を逞しくすれば、本当に伊勢神宮に行き、神宮で購入した御札を京や名古屋で降らせたのであろうか。ちょうど「ええじゃないか」が発生した七、八月と、時期的にも重なるのである。そして、本当に伊牟田がこの時期に秘密工作を行っていたとしたら、その活動に伊牟田は四郎を参加させた可能性もあると思うのである。

一方七月二十七日に、京の洛東白川村にある土佐藩邸において陸援隊が発足し、慎太郎はその隊長に任じられた。慎太郎は以前より、浪士を一カ所に集めて統制し、加えて新選組や見廻組の襲撃から彼らを保護し、さらに将来の薩長に呼応しての決起に備える目的で、白川の藩邸借用を藩に申請していた。それが今回、藩に承認されたのである。

慎太郎にすれば、中々土佐から京に来ない退助の軍隊を京で補完する目的で、陸援隊を結成したのかもしれない。

陸援隊長の下の幹部は、田中顕助（光顕）、木村弁之進（三瀬深蔵）、大橋慎三（橋本鉄猪）、香川敬三（鯉沼伊織）で、田中、木村、大橋が土佐出身、香川は水戸出身であった。一方隊員は総勢七十五名で、土佐出身者が十八名で最多、次が水戸出身者で十四名、残りは日本各地に及んでいる。

こうしてみると、やはり陸援隊は土佐出身者が中心であり、隊長の慎太郎は暗殺されて短命だったが、明治まで生き残った土佐出身の隊員には栄達を果たした者がいる。その筆頭は田中光顕で伯爵宮内大臣、そして岩村誠一郎（高俊）は男爵で各地の県令や知事を歴任、中島作太郎（信行）も男爵で衆議院議長や神奈川県令を務め、斎原治一郎（大江卓《たく》）も神奈川県権令を務めている。なお中島は、板垣退助らとともに自由党の結成に参画し、自由党の副総理にもなっている。彼らの中に、慎太郎の志は残っていたといえようか。

また隊員の中には、いつ、どのような経緯で上京したのか分からないが、甲州八代郡上黒駒村の武藤神主の八反屋敷に出入りしていた、豊後岡藩出身の山県小太郎もいた。天誅組の変で死んだ那須信吾が土佐出身で、彼は甲州の八反屋敷を訪れたとされているので、その辺りの縁故で小太郎は陸援隊に入隊したのかもしれない。また小太郎は四郎とも面識があったと思われるので、恐らく二人は情報の交換くらいはしていたのではないか。

4

八月十四日、西郷らは京の薩摩藩邸で、長州藩の御堀《みほり》耕助《こうすけ》（太田市之進）と柏村数馬に会った。その時、二人との問答を通して、西郷らは今後の討幕の具体策を二人に話した。

この藩邸にいる兵員は千人です。その三分の一は御所の御守衛にし、この時に討幕派の公家の方々には、残らず参内して詰めて頂きます。また三分の一は会津藩邸を急襲し、

残りの三分の一は堀川辺りの幕兵屯所を焼き払います。また鹿児島に要請し、兵員三千人を差し上らせますが、これは大坂城を攻め落として軍艦を破壊するためです。なお江戸には定住している藩士や、その他の者が合わせて千人くらいいますが、他にも水戸浪士など同志の者が所々に潜伏しています。この者たちに甲府城に立て籠もらせ、旗本の兵隊が京に攻め上ってくるのを、防ぎ止めさせるつもりでいます。これらを時機を見定めて、三都同時に挙行する計画です。元より勝敗は予想できません。たとえ弊藩が敗れても、必ずあとを継いでくれる藩があるはずだと、そう考えて立ち上がるつもりです。

（「柏村日記抄」『西郷隆盛全集 第二巻』から抜粋。現代語訳、傍線筆者）

この傍線部の「水戸浪士」とは、前述の中村勇吉らを指すのであろうが、中村だけではなく、他にも水戸浪士が潜伏していることを窺わせる。例えば、鮎沢《あいざわ》伊太夫などもその一人であろう。鮎沢は、井伊直弼を襲撃した桜田門外の変の首謀者の一人である高橋多一郎の弟で、天狗党の乱に参加して京を目指して西上したが、途中で進軍から離れて京に潜伏していた。また大越伊豫《いよ》之助や益子《ましこ》孝之助（北島秀朝《ひでとも》、谷清之助）などもそうだと思う。

こう見てくると、「三都同時」つまり「東西での同時決起」というのも、小島四郎たちが計画したというよりも、実は桜田門外の変の頃から、水戸藩と薩摩藩とで計画されていたものだったことが分かる。桜田門外の変の時も、水戸が江戸、薩摩が京で、同時に決起しようとしていたのに、江戸の水戸だけが立ち、京の薩摩は立たなかったのである。

そして、安政の頃からの志士であった鮎沢らと西郷が、当時の水薩の提携をそのまま受け継ぎ、東西同時の決起を実行したものが、慶応三年末の野州・甲州・相州での決起から江戸擾乱《じょうらん》、薩摩屋敷焼討ちを経て、翌年の鳥羽・伏見の戦いに至る一連の軍事行動だったといえるのではないか。

するし、元々西郷の方が水戸藩との付き合いは古く、また鮎沢たちのような水戸浪士との付き合いも手広く行われていた訳であるから、退助から西郷への中村勇吉ら浪士の引き渡しも、結局は統合や合併といった意味合いがあるのではないだろうか。つまり、薩士で別個に管理していたものを、薩摩の方に一本化したということであろう。

一方、八月二十日、突如土佐にいる乾退助に、アメリカ派遣の内命が下った。

（何だって、こんな急に）

退助は怪しんだ。そして命令を伝えた重役に向かい、退助はその命令を即座に断った。

（何を考えてるんだか）

退助の疑問は、すぐに解消した。実は同じ八月二十日に、去る七月八日に後藤象二郎が容堂に上申した大政奉還建白を、容堂自身が幕府に上申する決意を家中に告示したのである。つまり、藩論が大政奉還支持となった今、退助は邪魔な存在であり、体《てい》よくアメリカへ厄介払いされそうになったのであった。

（邪魔者は遠ざける。邪魔者になったその日に。相変わらず分かりやすいな）

またイカルス号事件の件で、イギリス公使のパークスが土佐に乗り込んできていたことも大きく関係していた。イカルス号事件とは、七月六日に長崎に停泊していた英国の軍艦イカルス号の乗組員二名が殺害された事件だが、パークスはこの事件の容疑者が海援隊士だと判断して、八月六日に土佐の須崎港に入港したのである。

このため、今にも英国との戦争が起きるのではと、土佐は一触即発《いっしょくそくはつ》の緊張状態に置かれ、藩首脳部は血の気の多い退助がいると戦争の危険性が増すと考え、一旦は退助にアメリカ行きを命じた。しかし、よくよく考えると、もし土佐がイギリス軍に攻撃された場合、頼りになるのは軍を握る退助しかいないことに気付いた。そして、藩首脳部も退助に無理強いすることができず、結局退助のアメリカ行きは有耶無耶《うやむや》になってしまったのである。

（全く。相変わらず無能な奴らよ）

退助は保身に汲々《きゅうきゅう》としている、無能な重役連中の顔を思い浮かべ、内心吹き出しそうになった。後年、退助をはじめ土佐出身者から多くの自由民権運動家が誕生した理由は、やはり無能で因循姑息《いんじゅんこそく》でありながら、それでも上士だとして偉ぶっていた人間を、あまりに多く土佐で見てきたせいかもしれない。

しかし、退助はのんきに笑っている場合ではなかった。アメリカ行きは逃れたものの、依然として退助は保守派から見れば邪魔者であり、再び保守派から命を狙われることになってしまった。無能な人間ほど、既得権益を守るためには手段を選ばないのである。

第九章　討幕戦争

1

慶応三年八月十四日、将軍慶喜の側近であった原市之進が暗殺された。犯人は幕臣の鈴木豊次郎、依田雄太郎であった。豊次郎の兄の恒太郎も関与していたという。斬奸状には、慶喜に兵庫開港の勅許を奏請させた原を君側の奸だとする意味のことが書かれていた。

そして、この三人の下手人は、山岡鉄太郎らが主宰する「尊王攘夷党」の幹事に名を連ねているのである。尊王攘夷党とは、山岡と清河らが創設した「虎尾の会」を母体とし、連判状を作って次第に同志を増やしつつ、発展していった組織である。

ゆえに、原の暗殺には山岡や、その義兄の高橋謙三郎（泥舟）の教唆《きょうさ》が囁《ささや》かれている。しかし、鉄太郎や謙三郎が短絡的に暗殺を教唆したとは、筆者には信じ難い思いがある。恐らく、血の気の多い松岡万《つもる》辺りが教唆した可能性の方が高いと思う。松岡は一説には、最初鉄太郎を斬りに来たところ、逆に鉄太郎に感服して弟子入りしたといわれており、さらに一時期町で辻斬りをしていたこともあるという。それくらいの凶暴さを持った人物の方が、暗殺教唆には妥当性があるだろう。

ただ、その一方で、これまで度々登場した、甲州上黒駒村の八反屋敷に住む檜峯神社神主の武藤外記・藤太親子が、原の暗殺を教唆したとの説もある。というのは武藤親子が、鈴木兄弟と依田を八反屋敷に招くなど、交流があったことが分かっているからである。

また、ここに依田熊弥太《くまやた》という人物も関わっている。この熊弥太は雄太郎と同じ依田姓だが、二人には血縁関係はない。熊弥太の父長賢は、外記の妻愛子《えち》の弟なので、熊弥太と藤太は従兄弟の間柄である。この熊弥太は、鉄太郎らが取締役を務めた浪士組の一員として京に行っており、その後山岡や高橋の門下になって剣や槍の修行をした者であるが、彼と下手人の三人も交流があったのである。


突如、ついに四郎は西郷に呼ばれた。いつもより緊張して京の薩摩藩邸に四郎が着くと、案内された部屋にはすでに伊牟田と益満がいた。しばらくして、西郷が部屋に入ってきた。

平伏している四郎に、西郷が声を掛けた。

「面《おもて》を上げったもんせ。小島さぁ」

「はっ」

四郎は顔を上げて西郷を見た。四郎と西郷は初対面であった。西郷は山のような巨体と、まるで相手を吸い込むかのような巨眼を持った偉丈夫《いじょうぶ》だと聞いていたので、四郎は西郷を、『桃太郎』に出てくる鬼のような恐ろしい形相の男だと勝手に想像していた。しかし実際に見た西郷は、確かに巨体で巨眼ではあったが、優しくて誠実そうな顔をした男であった。

「長らく、お待たせしもした」

「いえ」

「色々ござってな。じゃっどん、ようやく方向が定まりもした」

土佐の藩論が討幕派と大政奉還派の間で揉《も》めていることは、四郎も多少は聞いて知っていた。だから、西郷はこの辺りのことを言っているのだろうと、四郎は推測した。

西郷の目がひときわ大きく開いた。

「小島さぁ。前に土佐の乾さぁと話をし、お前《まん》さぁたちを土佐藩邸から引き受け、我が薩摩藩邸で預かることにしもした。聞いておられもしたか」

「はい。大体のところは」

「なら話は早か。是非小島さぁには我が薩摩藩邸に入って頂き、そん上で、浪士たちの指揮を取って頂きたいのでごわす」

「例の、東西の同時決起ですね？」

「はい。そん東の方、つまり江戸での決起でごわす。いかがでごわす？」

「光栄の限りですが、一癖《くせ》も二癖もある浪士たちです。某《それがし》の手に負えますかどうか」

「そいはご謙遜《けんそん》でごわんそ。小島さぁの関東での声望は、京にも鳴り響いておいもす」

「では一つ伺わせて下さい」

「どうぞ」

「我々が土佐藩邸から薩摩藩邸に移るということは、我々は薩摩藩の指揮下に入るということなのでしょうか？」

「いや、そいは違いもす。小島さぁたちは、あくまで俺《おい》たちの同志でごわす。上下関係はございもはん」

「それは恐悦《きょうえつ》ですが、それでは、やはり浪士たちの統率は難しいと思います」

「小島さぁのお気持ちは分かりもす。じゃっどん、東西での同時決起を行うためにも、作戦上は統率者が必要でごわんそ。こいがないと、ただの烏合の衆と同じでごわす。じゃっで、小島さぁの同志を集めったもんせ。同志間の堅い絆《きずな》によって、小島さぁが統率するのでごわす。こん伊牟田どんと益満どんもお付けしもす。いかがでごわす？」

「……」

「こいは、均《なら》しの世を作るための世直しの戦でごわす。どうか、立ち上がったもんせ」

言い終わると、西郷はちらっと伊牟田の顔を見た。すかさず伊牟田が言った。

「おはんに京行きを勧めた山岡さぁも、我らの同志でごわす。山岡さぁも、お前さぁに期待しておられもす」

「山岡」の名を聞いて四郎は衝撃を覚えた。一呼吸おいて、四郎は答えた。

「分かりました。何とかやってみましょう。ただし、もうどうにも抑え切れない状態になってしまったら、思い切って決起してしまうかもしれませんよ」

「分かいもした」

「その時は、我々だけで江戸城を落としてしまうかもしれませんよ」

「ははは。そいは頼もしか。そうなりゃそうなったで、結構でごわす」

「そうだ。小島さぁ」

思い出したように伊牟田が口を開いた。

「こいからの活動のために、今日から偽名を使った方がいいと思いもす」

「偽名、ですか」

「じゃっで、もし良かったら、俺の名前を使ったもんせ」

「えっ。それじゃ、今日から某は伊牟田ですか？」

「そうじゃなか。そいは俺の本名でごわす」

「ははは。いや、これは失礼しました」

「相良でごわす。こいは俺が仙台に潜伏していた頃、使っていた苗字でごわす」

「相良ですか。この苗字には、何か由来があるんですか」

「こん相良は、今は亡き桜任蔵《じんぞう》さぁが偽名として使っていた苗字でごわす。俺は桜さぁを尊敬しちょいもんで」

「偽名をつかわないと、ご実家にご迷惑が掛かるかもしれません。また誰かと同じ名前を使えば、前任者の業績や名声、人望を引き継ぐことができます。尤《もっと》も、前任者が悪事を行っていれば、負の遺産を引き継ぐことになってしまいますがね」

言い終わると、益満が笑いながら、ちらっと伊牟田を見た。

「俺はそげんこつはしちょいもはん。安心して使ったもんせ」

「分かりました。ただ、相良という苗字は藩や大名家に使われています。その方々にご迷惑を掛けてしまうのも申し訳ないので、相楽とさせて頂きたい。いかがでしょうか」

「ははは。こいはよか。今日から相楽どんでごわすか」

西郷も微笑んだ。

従って、以後本書の中では、小島四郎ではなく相楽総三を用いる。ただし「相楽」は、文献によっては「相良」と記載しているものもあり、実際に総三がどちらを使ったのかはよく分からない。また、なぜ四郎が「総三」と名乗ったのか、その意味は何なのかも分からない。何か小島一族の故郷である、下総国が関係しているのであろうか。

桜任蔵は水戸藩士で攘夷運動に加わった志士であり、西郷や吉田松陰とも親交を結び、伊牟田とも交流した。任蔵は西郷より十六歳年上なので、攘夷運動の先駆者として西郷らに大きな影響を与えたと思われる。その任蔵は相良六郎という変名を用い、一方伊牟田は相良平次郎や相良武振と名乗ったという。総三も相良武振と名乗っていたらしいので、筆者は伊牟田が総三に同じような偽名を与えたのではないかと考えている。

2

相楽総三は江戸に下り、十月初旬頃に三田の薩摩屋敷に入った。こののち、土佐藩邸にいた浪士たちは全て薩摩藩邸に移ったとされている。しかし、この浪士の移動は五月二十一日に結ばれた薩土密約の議場において、乾退助から西郷に打診され、それを西郷が了承したものである。だから、この締結日以降のもっと早い時期、つまり九月以前に浪士たちは土邸から薩邸に移動したとの説がある。また一度に全員が移動したのではなく、しばらくは薩土両方の藩邸に滞在していたとする説もあり、真相ははっきりしていない。

相楽は薩摩屋敷に入るとすぐ、全国の同志に檄《げき》を飛ばし、薩摩屋敷への集合を呼び掛けた。その結果多くの同志が集まり、多い時は五百人、常時二、三百人くらいはいる状態であったという。伊牟田や益満も薩摩屋敷内にいたが、彼らは浪士たちとは一線を画し、独自に行動していた。それでも薩邸浪士全体に関わる総三との作戦会議には、両者とも出席していたのではないか。

しかし総三が京で西郷に依頼され、江戸に下ってきた十月初旬頃とは、次第に状況が変わってきた。それは、十月三日に土佐藩が将軍徳川慶喜に建白した「大政奉還」を慶喜が受け入れ、十四日に朝廷に「大政奉還」を上表し、十五日にそれが勅許されたことだった。

一方十四日に在京薩摩藩首脳部（小松、西郷、大久保）は、討幕の密勅を朝廷より下賜《かし》されていたが、大政奉還の勅許により、討幕の密勅は効力を失った形になっていた。もちろん六月二十二日に締結された薩土盟約により、小松、西郷、大久保らは土佐藩が大政奉還の建白をすることは知っていた。だが、まさか慶喜が自ら政権を手放すとは、薩摩藩の三人をはじめ土佐藩の者ですら誰も想定してなく、皆が肩透《かたす》かしを食らったのであった。

このような状況の変化を踏まえ、在京薩摩藩首脳部は当初考えていた武力倒幕計画を一旦停止させる必要を感じ、江戸の薩摩藩邸の伊牟田と益満に宛てて挙兵を延期するよう、吉井幸輔に十月二十五日付で手紙を書かせている。

この手紙が着いてからしばらくは、江戸の薩邸浪士たちは大人《おとな》しくしていた。しかし、幕府は大政奉還をしたにもかかわらず、尊攘派浪士の摘発を止めてはいなかった。それは江戸より京で激しかった。新選組や見廻組によって浪士たちが容赦《ようしゃ》なく斬られていった。以前は、彼らもまずは浪士を捕らえようとしていたが、この最幕末期になると、もはや問答無用で浪士に斬りかかっていった。彼らも大政奉還という事態にどう対処していいか分からず、半ば自暴自棄になっていたのであろうか。

そんな中、十一月十五日に坂本龍馬と中岡慎太郎が、京の河原町《かわらまち》の近江屋で暗殺された。この悲報はすぐに江戸の薩摩屋敷にも伝わり、総三ら浪士たちを激昂《げっこう》させた。犯人は当初、新選組が疑われていた。しかし、総三たちにとって細かい犯人捜しはどうでもよく、とにかく二人が幕府方に斬られたであろうこと、そのため浪士たちの討幕意識が高まったこと、それで十分であった。

ここにきて、総三たちは吉井の手紙を無視し、従来の討幕挙兵を決行することにした。幾ら自分たちが自重しても幕府方は浪士の捜索を止めないので、そのことが浪士たちには不公平に映ったからである。こうして十一月二十四日から二十五日にかけて、下野の出流《いずる》山に向けて、薩摩屋敷から三十人を超える浪士たちが出立した。

ところが、さらに京の状況が変化していった。十二月九日に王政復古の大号令が発せられ、その九日夜の小御所会議において、徳川慶喜の辞官・納地が決定したのである。これは大政奉還からさらに一歩前進したことになり、武力を用いず話し合いだけでここまで到達したことは、確かに驚異的なことであった。

そこで吉井はこの翌日の十二月十日付で、再び江戸薩摩藩邸の伊牟田と益満に宛てて手紙を書き、「大変革が行われつつあり、戦にならずに幕府や会津も大人しくしているので、挙兵の件は誰か江戸に行かせるから、それまでは今までのように、逸《はや》る気持ちを落ち着かせて欲しい」と訴えている。だが、恐らくこの手紙が着く前の十四日から十五日にかけて、甲州の甲府城と相州の荻野山中陣屋に向けて、また浪士たちが薩摩屋敷を発《た》ったのである。

3

慶応三年十二月初頭、京。小沢一仙の隠れ家を、山県小太郎が訪れていた。二人は甲州上黒駒村の八反田に住む、檜峯神社神主である武藤外記と藤太親子に薫陶《くんとう》を受けた、いわば同門の間柄で、京でも度々連絡を取り合っていた。

小太郎は中岡慎太郎が設立した陸援隊の隊員だったが、一仙はこの時何もせず、ぶらぶらしていた。というのも、一仙はこの二カ月ほど前まで、日本海と琵琶湖を結ぶ運河の開削《かいさく》を構想し、加賀藩らと具体的な協議に入っていたのだが、十月十五日の大政奉還の勅許が、その計画を吹き飛ばしてしまったのである。その頃の一仙の落胆ぶりは激しく、傍《はた》からは見るに堪《た》えないものであった。そんな一仙を気遣い、小太郎は一仙をある計画に誘ったのである。

小太郎は小声で一仙に打ち明けた。

「実はな、一仙。俺たち陸援隊は今度鷲尾卿を担《かつ》いで、高野山で挙兵することになった」

「本当か、それは？」

「ああ、本当だ」

一仙は驚いて目を大きく見開いた。

「しかし、幕府は大政奉還をしたんだろ。それじゃ、戦をする必要なんてないじゃないか」

「確かに、もはや幕府は無くなったも同然だ。だが、徳川の天下が無くなる訳じゃない。掲《かか》げる看板は何であれ、慶喜は政権を手放す気はないだろう。ならば、やはり奴らを叩《たた》くしかあるまい」

小太郎は鋭い眼差《まなざ》しを一仙に向けた。すでに覚悟を決めている眼だった。

「そうか。それで、俺に何の用なんだ？」

「お前も立つんだ」

「え？」

「お前も陸援隊に入って、俺たちと一緒に高野山で挙兵するんだ」

「いや、俺は……」

一仙は言葉を濁《にご》した。つい数十日前に、長年の夢であった運河開削計画が流され、今は何もする気にならなかった。そんな一仙の気持ちを察し、小太郎は畳《たた》み掛《か》けた。

「いつまで、くよくよしているんだ。かつて江戸で、ともに決起を画策して奔走《ほんそう》した日々を思い出せ。元々お前には、熱い尊皇攘夷の血が流れていたはずだ」

「……」

一仙は考え込んでいた。

「俺だって、中岡さんが殺されて途方《とほう》に暮《く》れたよ。つい先月のことだ。しかし、だからこそ俺たちは決心したんだ。中岡さんは討幕論者だった。その中岡さんの遺志を継ごうとな」

小太郎は話し終わると、一仙の反応を見た。一仙はまだ考えていたが、ふと思い出したように小太郎に訊《き》いた。

「勝蔵はどうした？　勝蔵を誘えばいいじゃないか」

「あいつは駄目だ。何度言っても、一向に博徒から足を洗わん。今も仲間の博徒の所に転がり込んでるよ」

この頃黒駒勝蔵は、博徒間の抗争の果てに、岐阜の博徒である水野弥三郎の下に身を寄せていた。勝蔵が赤報隊に入隊するのは、翌慶応四年の一月である。

「で、どうするんだ一仙？」

小太郎が催促《さいそく》した。

「少し考えさせてくれ。どうにも頭が混乱して考えがまとまらん」

「それはいいが、俺たちには時間が無い。明日、また来るからな」

小太郎が帰ると、すぐさま一仙は館林藩邸の岡谷繁実《おかのやしげざね》を訪ねた。二人は高松保実《やすざね》卿の屋敷で意気投合し、それ以来親交を重ねていた。繁実に会うと、早速一仙は先ほど小太郎が自分を決起に誘ったことを話し、繁実の意見を求めた。一仙の話を聞いた繁実は尋ねた。

「なぜ高野山なんだ？」

「恐らく紀州藩を牽制するためだ。京から近い藩のうち、紀州藩は最大の佐幕藩だからな」

「確かに彦根藩には、もはや昔日《せきじつ》の勢いは無いからな」

「で、君はどう思う？」

一仙が身を乗り出して訊いた。

「無理だな。やはり我々の目標は江戸だ。だから江戸に向かうのならともかく、高野山では方向が違う」

繁実は淡々と答えた。繁実にすれば、迷うようなことではなかった。繁実は付け加えた。

「高野山など所詮局地戦だ。そんな所でたとえ勝ったとしても、どうってことはない。逆に死んだら、それこそ犬死にだ。止めておいた方がいい」

理路整然とした繁実の言葉に、一仙の迷いもすっかり晴れた。そこで一仙は小太郎の誘いを正式に断った。これが二人の運命の分かれ目となった。

4

さすがに二通の手紙を京の吉井から受け取った伊牟田と益満は動揺した。いうまでもなく吉井はただの手紙の書き手に過ぎず、真の手紙の主は薩摩藩そのものだったからである。困惑した二人は悩んだ結果、ある人物に相談しに、彼と会うことになっている妓楼《ぎろう》に向かった。二人が案内された座敷に入ると、その人物はすでに座敷に座っていた。

「そろそろ連絡して来る頃だと思っていた」

「……」

伊牟田と益満は無言で座った。

「二人とも、随分《ずいぶん》疲れているみたいだな」

二人の同志、山岡鉄太郎であった。

「ああ」

伊牟田が不愛想《ぶあいそう》に答えた。

「ちょっと面倒なことになってきました」

益満が続いた。二人は鉄太郎に、吉井からの二通の手紙や、京で今起こっていることをかいつまんで話した。

「山岡さん、我々はどうしたらいいのでしょうか？」

益満が言った。百戦錬磨《れんま》の隠密《おんみつ》にしては弱気だった。

「つまり討幕に突き進むか、それとも一旦止《とど》まるかってことでごわす」

伊牟田が言った。伊牟田は鉄太郎より四歳年上だったので、鉄太郎が幕臣であるにもかかわらず対等に話した。一方益満は、山岡より五歳年下だったこともあり、敬語を使った。

「やるしかないだろう」

「しかし」

「しかし、何だ」

「吉井さんの指示に逆らうと、俺と伊牟田さんは消されるかもしれません」

益満が顔に苦渋の表情を浮かべながら話した。隣の伊牟田も黙って頷《うなづ》いた。

「西郷がお前たちを消すって言うのか」

「いや、西郷さんは根っからの武力倒幕派です。俺たちと志を同じくしている」

「じゃあ、誰が」

「藩の保守派、じゃっで武力倒幕に反対する連中でごわす」

伊牟田が忌々《いまいま》しそうに言った。

「実は我が薩摩藩もご多分《たぶん》に漏《も》れず、武力倒幕派と保守派が主導権をせめぎ合っております。それでも一時は『討幕の密勅』が下され、武力倒幕派が優位に立ちました。しかし大政奉還が勅許され、王政復古の大号令、慶喜公の辞官・納地と決まってくると、もう戦をする必要がないと、急遽《きゅうきょ》保守派が勢いづいてきたのです」

益満が話した。本来なら、薩摩藩士が幕臣に話すことなど考えられないほどの重要機密であったが、彼らの間には垣根は全く無かった。そんな垣根を作っている余裕は、今の伊牟田と益満には無かった。

「じゃあ、その二通の手紙も、藩の保守派が吉井に書かせたって訳だな」

「そうです」

「その保守派の奴らって、そんなに手強《てごわ》いのか」

「一時は西郷さんですら、保守派に命を狙われていたと聞いています」

「それほどか」

今更ながら鉄太郎は驚いた。しかし考えてみれば鉄太郎も、尊攘派として幕府内では煙たがられており、その意味では西郷と同じ境遇だった。

（ふふ、俺と西郷は同類って訳か）

鉄太郎は胸中で自嘲《じちょう》した。

「だが、やはりやるしかないだろう」

「ですが慶喜公や幕府のことを考えれば、山岡さんにとっても、このまま平和裏に事が進んだ方がいいんじゃないですか」

真剣な眼差しで益満が訴えた。

「いいか、よく考えてみろ。なぜ俺たちが今日まで尊攘の志を貫いてきたか。それは、亡き清河さんの遺志を継ごうとしてきたからだろう。そして、その遺志とは異国に侵略されない、強い日の本の国を作ることだったはずだ。ならば、どうすることが、この日の本の国にとっていいことなのか」

伊牟田も益満も固唾《かたず》を飲んで、鉄太郎の言葉を聞いていた。

「それは、やはり幕府を無くすことだろう」

鉄太郎は長年思案し続けてきたことを言い放った。伊牟田も益満も驚愕《きょうがく》した。

「お前《まん》さぁは幕臣じゃろ。慶喜公や幕府がどうなってもいいのでごわすか」

伊牟田が目を見開きながら訊いた。

「もちろん、慶喜公をはじめ幕臣たちの命は守る。しかしながら、幕府という老朽化した建物はもはや不要だ」

　場は静寂に包まれていた。鉄太郎は続けた。

「だが、このまま大政奉還、慶喜公の辞官・納地と進んで幕府が無くなっても、結局慶喜公が政《まつりごと》に携《たずさ》わり続けるのであれば意味がない。だから、やはり武力倒幕とし、もちろん無益な殺生をしてはならないが、慶喜公から全ての権力を奪うことが必要なのだ」

　伊牟田も益満も、ただ呆気《あっけ》に取られていた。そこまで鉄太郎が決心していたとは、二人ともじかに聞いていたにもかかわらず、いまだに信じられなかった。

「分かいもした。そいなら、俺《おい》たちは具体的に何をすればいいのでごわす？」

「戦が起これればいい。だからお前たち二人は、とにかく幕府と庄内藩を挑発するんだ。そうすれば、あとは俺が庄内藩や新徴組を焚《た》き付けてやる」

「分かりました」

　益満が答えた。自分の進む路が定まり、すっきりした表情をしていた。

「もしお前たちが斃《たお》れたら、必ず俺が骨を拾ってやるからな」

　伊牟田と益満は大きく頷いた。二人の顔には決意が漲《みなぎ》っていた。

　ところで、鉄太郎は庄内藩の密偵役もこなしていたようである。それを裏付ける庄内藩士林源太兵衛の証言が、『史談会速記録』（第八十七輯《しゅう》）に載っている。


（前略）其暴徒の方の探偵は彼の山岡鉄舟ですが、私共が鉄舟の方と気脈を通じて居り

ました、時々山岡の方より向うの事情を聴取《ききとり》ました（後略）

別の箇所からも引用する。

（前略）山岡の手や何かで探偵しましたのは確かの所と思いますから、どこ迄も山岡の探偵に安《やすん》じて私共はそれに依《よっ》てやります積《つもり》で居りました

これらの証言により、鉄太郎が薩邸浪士の情報を庄内藩に流していたことが窺える。しかし、これは逆に考えると、鉄太郎が庄内藩の情報を薩邸浪士に流していた可能性もあり、また流す情報によって、鉄太郎は薩邸浪士と庄内藩の双方の動きを操作できることになる。さらに庄内藩の下部組織である新徴組の前身は、かつて鉄太郎が取締役を務めていた浪士組であるから、既知《きち》の者も多くいたと思われ、余計コントロールし易かったであろう。

従って筆者は、庄内藩を中心とした薩摩屋敷焼討ち事件に鉄太郎が関与し、鉄太郎の情報操作によって、旧幕府方による焼討ちが実行された可能性があると考えているのである。

あと余談だが、鉄太郎は幕末時、度々妻以外の女性に手を出し、妻の英子《ふさこ》を悲しませ、また義兄の高橋泥舟を困らせたという。しかし筆者は、鉄太郎は本当にそのような浮気をしていたのかもしれないが、その浮気疑惑の何割かは、前述のように妓楼で尊攘の志士たちと語らっていたのではないかと考えている。実際、幕末の志士たちはよく妓楼で謀議《ぼうぎ》をしていたといわれており、また鉄太郎の浮気（疑惑）は幕末時だけで、明治になってからは全くなかったといわれていることも、筆者の推測を補強していると思う。

5

総三が三方面に派遣した浪士たち、つまり下野出流山《いずるやま》挙兵組、甲府城攻略組、相州荻野山中陣屋襲撃組の浪士たちは、全て薩摩藩邸に引き揚げてきていた。下野と甲州は壊滅的で、残党が命からがら逃げてきたのであったが、相州は陣屋の襲撃に成功し、武器と弾薬などを奪取した。しかし相州組も小田原城を攻撃するには及ばず、そのまま武器と弾薬などの戦利品を携《たずさ》えて薩摩藩邸に帰ってきた。

そこで意を決した薩邸浪士たちは、最後の手段として、江戸市中で強盗や放火などを行って幕府を挑発した。もちろん、これらの挑発の中には薩邸浪士を騙《かた》った偽者が行ったものもあったと思う。また十二月二十三日には江戸城二の丸で火災が発生し、さらに庄内酒井家家臣や新徴組への小銃発砲事件も連発していた。この江戸城二の丸の火災は伊牟田による犯行だとされており、同様に益満も何らかの挑発行動に加担していたものと思われる。

慶応三年十二月二十五日の朝七時、江戸の治安維持を任務とする庄内酒井家を中心に、羽州上《かみ》の山《やま》松平家、越前鯖江間部《まなべ》家、武州岩槻大岡家などの家臣たちが、自邸に匿《かくま》っている浪人の引き渡しを拒んだ三田の薩摩屋敷を攻撃した。

総三ら浪士たちは極力戦いを避けて京へ逃げ延《の》び、後日東征軍として再び旧幕府と対峙する作戦を取った。その作戦が功を奏し、総三ら幹部連中は江戸湾に停泊していた翔凰《しょうおう》丸に乗り込み、海路京に辿《たど》り着くことができた。しかし旧幕府の軍艦から攻撃されたため、多くの浪士たちは翔凰丸に乗り込めず、陸路京を目指した者、潜伏して時機を待った者、旧幕府方に討たれた者など、様々であった。また伊牟田は無事翔凰丸に乗り込んで京へ逃れたが、一方益満は戦の混乱の中、旧幕府方に捕らえられてしまった。

この薩摩屋敷焼討ちの報《しら》せが京に届き、翌慶応四年の一月三日より鳥羽・伏見の戦いが勃発した。戦いは六日まで続き、旧幕府軍一万五千に対し、新政府軍は五千という兵力差があったにもかかわらず、新政府軍の勝利に終わった。新政府軍の兵器の方が旧幕府軍のそれに比べて勝っていたことに加え、新政府軍が用意した錦旗の威力が大きく、旧幕府軍の総大将徳川慶喜ら首脳陣が、朝敵になるのを恐れて海路江戸へ引き上げてしまったことが、勝敗を決めたといわれている。

翌七日には慶喜追討令が出され、慶喜ら旧幕府軍は朝敵になった。そこで、新政府軍は新たに軍を編制し直し、江戸へ進軍することになった。

五日に京に着いて以来、総三は薩摩藩邸に匿《かくま》われていた。その総三の部屋に、伊牟田尚平が現れた。

「伊牟田さん、無事でしたか」

「総三さぁより一日早く、京に着きもした。伊勢や大和の山越えは、難儀《なんぎ》でごわしたが」

総三と伊牟田は、同じ薩摩の翔凰丸に乗って海路江戸を脱出したが、紀伊半島の九鬼《くき》で船を修理することになり、伊牟田は落合直亮《なおあき》らとともに、陸路で京を目指したのであった。

「それは何よりです。で、益満さんは？」

「益満どんは行方《ゆくえ》が分かいもはん。恐らく幕府方に斬られたか、捕まったのでごわんそ」

「そうですか」

総三は浮かない顔をした。かつての益満の面影が脳裏《のうり》を過《よぎ》った。

「総三さぁ、今は落ち込んでいる時ではございもはん。西郷《せご》さぁがお呼びでごわす。一緒に来《き》ったもんせ」

総三が藩邸内の一室で待っていると、西郷が現れた。

「相楽どん、お手柄でごわしたな」

「はい。ありがとうございます」

江戸三田の薩摩藩邸での武勇伝を、しばらくの間西郷は総三から聞いていた。すると、西郷が居住《いずま》いを正して話し始めた。

「ところで相楽どん、慶喜追討令が出たことはご存知でごわすな？」

「はい」

「じゃっで、俺《おい》たちは江戸に攻め上らねばないもはん」

「はい」

「そん戦の先鋒隊が、こん度《たび》結成されることにないもした。じゃっで相楽どんに、そん先鋒隊を務《つと》めて欲しいのでごわす」

「……」

草莽に過ぎない自分が、官軍の先鋒を務めるという夢のような話に、総三は思わず口籠《くちごも》った。

「どげんでごわす？」

「有難き幸せ、粉骨砕身《ふんこつさいしん》の覚悟で臨みます」

「あいがとごわす」

西郷の顔に安堵《あんど》の表情が浮かんだ。咄嗟《とっさ》に、総三は頭に浮かんだ疑問を西郷に訊いた。

「先鋒の役割とは何ですか」

「我が官軍の本隊は東征軍でごわす。この本隊の先方を進軍し、沿道の諸藩が勤王を誓い、官軍に忠誠を尽くすかどうか、また沿道地域の民心の状態はどうか、そげんこつを調べることでごわす」

「分かりました」

「こん先鋒隊は、名目上綾小路《あやのこうじ》卿と滋野井《しげのい》卿の二人が率いもす。じゃっどん、二人とも戦を知らぬ御公家《おくげ》さんでごわす。じゃっで、どうか相楽どんが支えてやったもんせ」

第十章　赤報隊

1

一月六日の夜、早くも綾小路俊実《としざね》と滋野井公寿《きんひさ》が率いる一行は京を発った。一行は在京の志士たちと元新選組の者たち、それに近江水口《みなくち》藩士たちで、総勢四、五十人であった。

その一行にやや遅れて総三たちも京を出立し、比叡山を越え、琵琶湖畔の坂本宿で合流した。総三の一行は江戸の薩摩藩邸以来の同志たちで、総勢二十数人であった。

一行が近江の松尾寺村に着くと、早速隊の編制についての軍議が持たれた。しかし、両卿の下で隊をまとめる者の選出がうまくいかず、結局総三と元新選組の鈴木三樹三郎《みきさぶろう》と、水口藩士の油川錬三郎の三人が「軍裁」になることで決着した。

この松尾寺村で、松尾多勢子と息子の誠が総三を訪問した。二人は鳥羽・伏見の戦いの勃発《ぼっぱつ》を聞き、天朝様の御世が来ると思い、慌てて伴野《ともの》村を出立して京に向かう途中だった。総三はかつて伴野の多勢子の家に泊めてもらったこともあり、二人とは旧知の仲であった。

「やあ婆さま、しばらくぶりです」

「四郎かい。江戸じゃ、お手柄だったらしいねえ」

「今は相楽総三と名乗っています」

「ああ、そうかい。で、お主《ぬし》はこれからどうするんだい？」

「官軍の先鋒として、江戸へ向けて進軍します」

「そうかい、そうかい。いやあ、大したもんだねえ」

多勢子は相好《そうごう》を崩した。よほど嬉しかったのだろう。総三はふと思い付いたので、多勢子に言ってみた。

「そうだ、婆さまに一つ頼みがあるんですが」

「何だい」

「官軍の先鋒を務めるからには当然兵が必要ですが、我が隊の兵はまだ足りません。そこで、婆さまに兵の募集を手伝ってはもらえないかと」

「それなら山本村の私の実家に手紙を出しな。兵を募《つの》るよう、私から息子に言っとくから」

この時、伊那郡山本村の多勢子の実家である竹村家には、多勢子の次男で誠の弟である竹村盈仲《みつなか》がいた。総三は多勢子に言われた通り手紙を書き、のちに総三が信州に進軍した際、山本村の盈仲に兵士募集を依頼すると、盈仲は周旋《しゅうせん》のためによく奔走《ほんそう》したという。

「ところで総三。お主、策はあるのか」

「今、練《ね》っているところです」

「なら覚えときな。天誅組の鉄石さんたちがやったことじゃが」

多勢子はひと呼吸置いた。

「年貢半減じゃ。これしかねえ。百姓どもに難しい理屈を言っても無駄じゃ」

「はい。某《それがし》も常々そう思っていました」

「尊皇だ攘夷だというても百姓には響《ひび》かん。じゃが、これなら百姓はついてくる」

「分かりました」

総三の決意を確認すると、多勢子と誠は再び京に向かって旅立っていった。

軍裁に決まった後、総三は会議に出席するために一旦京に戻った。そこで総三はこの機会に、日頃強く思うところを建白しようと思い立った。しかし、いきなり朝廷に建白するのもどうかと思い、まず西郷に打診してみることにした。

「西郷さん、幾つか御相談したいことがあって参りました」

「何でごわす？」

「一つめは、自分たちは確かに官軍であるという『官軍之御印』を頂きたいのです。某どもは草莽ゆえ、一見しただけでは官軍とは思われず、下手をすれば賊軍だと思われ兼《か》ねません」

「はい」

西郷は頷《うなず》き、次を促《うなが》した。

「二つめは、慶喜公が戦の半ばで江戸へ去ったのは、必ずや関東において割拠《かっきょ》するからだと某は考えます。その関東での決戦において勝利するためには、民心を我が官軍に引き付けることが重要だと思います。実際これまでの幕府の苛政《かせい》によって、関東では民衆の怨みが大きい。そこで、しばらくは幕府領の租税を半減すれば、民衆は朝廷の慈悲深さに感銘《かんめい》を受け、関東各地で討幕軍が起こり、必ずや官軍御東征の一助になると思うのですが」

総三の言葉を聞いた途端《とたん》、西郷は目を大きく見開いた。

「相楽どん、見事でごわす。そいこそ世直しでごわんそ」

「それでは、お聞き届け頂けますでしょうか」

「はい。俺は賛成でごわす。じゃっどん、俺が許可しただけでは心許《こころもと》なか。じゃっで建白書を認《したた》め、朝廷に建白してみたらいかがでごわす?」

早速総三は嘆願書と建白書を認め、一月十二日に朝廷に提出した。嘆願書には「官軍之御印」を、建白書には「年貢半減」の提案を書いた。その結果、「官軍が関東に討ち入りする時には朝廷より官軍の印を授ける。また赤報隊は東海道鎮撫使の指揮下に入る。そして、これまでの幕領は全て当分租税半減とする。昨年未納の分も同様にする」との勅諚《ちょくじょう》を、坊城《ぼうじょう》大納言より得たのであった。

西郷は、この年貢半減について、一月十六日付の手紙で鹿児島に報告している。

西郷に進言した二つについては、ほぼ総三の進言が認められた。「ほぼ」としたのは、「官軍之御印」の授与が、総三はすぐにでも貰《もら》いたかったのに対して、「関東への討ち入り時」と先送りされてしまったからである。ただ、東山道鎮撫使ではなく東海道鎮撫使の指揮下に入ったことは、総三にとって大きな不満であった。

しかし、なぜ総三はそれほどまで、東山道に拘《こだわ》ったのであろうか。この辺りは、頑《かたく》なに東山道の進軍を止めない総三が、のちに「命令違反」だとして処刑される事件に直結する疑問である。やはり総三はそれまでの志士活動において、信濃の下諏訪周辺や、南信濃の伊那谷、東美濃の中津川辺りに同志や知人が多かったので、一種の「故郷に錦を飾る」といった名誉欲に支配されていたのであろうか。または、これらの地域は平田門人が多い地域でもあるので、あるいは総三は実戦を考慮して、そのような馴染《なじ》みのある土地の方が、兵の徴集や食糧の調達など、実際の戦闘に有利だと考えたのか。

総三は、この件について西郷に問い質《ただ》した。

「某《それがし》は東山道の進軍を希望しておりましたのに、なぜ東海道鎮撫使の指揮下なんですか」

「お気持ちはよう分かいもすが、俺は東海道を進軍する予定でごわす。じゃって、俺と一緒の方が良かち思いもす」

「どういうことですか？」

「新政府はできたばかりでごわす。まだ何も決まっておいもはんし、色々な考えを持った者がおいもす。俺のそばにおった方が、何かと便宜《べんぎ》を図《はか》れもす」

「しかし、某は信州に同志が多いので、やはり中山道を進軍させて頂きたいと思います。不得手《ふえて》な土地より得意な土地を進んだ方が、官軍全体にとっても良いことだと思います」

「分かいもした。ならば、気を付けったもんせ」

西郷も、東山道に対する総三の頑なさには驚いたであろう。

一方総三は、それでも長年温めてきた年貢半減が承認されたので、意気揚々と隊に戻ってきた。すると、総三の不在中にまた隊の編制替えが行われており、前述の三人の軍裁がそれぞれ別個に隊を持つ形に変わっていた。つまり、一番隊は総三が隊長で、隊員は江戸の薩摩藩邸以来の同志たち、二番隊は鈴木が隊長で、隊員は元新選組や在京の志士たち、三番隊は油川が隊長で、隊員は水口藩士や近江出身者であった。

そして、この三隊を総じて「赤報隊」と呼ぶことになった。隊名の意味は、「赤心をもって国恩に報いるために働く隊」である。結成当初の隊員数は二、三百人だったが、江戸の薩摩藩邸から陸路上京してきた者や、赤報隊が滞在する土地からの希望者が入隊し、結成後しばらくは隊員の増加傾向が続いたという。

2

赤報隊は中山道を一路東へと進んだ。気弱な滋野井卿は士気が上がらないので、お供の者とともに松尾寺村に残していった。だから、この時赤報隊の盟主は綾小路卿だけだった。

十八日、一行は美濃国に入って岩手村に着いた。宿場でいうと垂井《たるい》宿である。ここには、旧幕府の陸軍奉行であった竹中丹後守の陣屋があったので、赤報隊側では陣屋が抵抗してくると考え、一戦を覚悟していた。しかし、予想に反して陣屋は平和裏に明け渡された。

二十一日に岩手村を発った赤報隊は、同日加納宿に着いた。また翌二十二日には、高松実村を擁《よう》した高松隊が加納宿に到着し、赤報隊を追い越していった。そして二十三日、総三は再度朝廷に建白するために、部下を京に派遣した。先日賜《たまわ》った勅諚に記されていた「官軍之御印」の下賜《かし》と、東海道から東山道の付属に変えて欲しい旨を、改めて訴えるためであった。

翌日、赤報隊は鵜沼《うぬま》宿に進んだ。すると、突然伊牟田が総三の前に現れた。

「伊牟田さん、急にどうしたんですか？」

「いや、困ったことになりもした」

「何のことですか？」

総三は怪訝《けげん》な顔をして訊《き》いた。

「実は、京では赤報隊に関する悪い噂が流れていもす」

「どんな噂ですか？」

「赤報隊士が、沿道の豪農商の家に押し入って金品を強奪しているとか、本営の命令を無視して勝手に進路を変えているとか」

「金品の強奪などしていません。恐らくは赤報隊の名を騙《かた》った偽者の仕業《しわざ》か、あるいは沿道の諸藩に勤王を誓わせ、その証《あかし》として軍資金を献上してもらっていることが、強奪していると誤って伝わったか」

総三は自信を持って答えた。偽者の仕業は江戸の薩摩藩邸時代からよくあることだった。

「ならば、命令違反の件はいかがでごわす」

「それは」

総三は口籠《くちごも》った。その点については、総三に弁解の余地は無かった。もしかしたら進路の変更など大したことではないと、総三は高《たか》を括《くく》っていたのかもしれない。

「某《それがし》はこれまでの志士活動で、信濃や美濃の同志と度々協力してきました。だから、某は中山道を進んだ方が役に立つと思いますし、必ずや官軍のためになると思っています」

「確かに、そいはそうかもしれもはん。じゃっどん、そいは最終的には本営が決めることでごわす」

「……」

総三は黙り込んだ。確かに伊牟田の言う通りだった。

「色々風向きが変わってきていもす。東征軍の設立当初は、旧幕府軍の抗戦も予想されもした。じゃっどん、どうも慶喜公は恭順の意向のようでごわす。じゃっで今は、そん心配はかなり少なくなっていもす。そうなると、一旦は下した『年貢半減令』も逆に惜《お》しくなってきもす。こん噂は、そん風向きが変わったことを示しているのではごわはんか」

確かに、言われてみればそうかもしれないと総三は思った。先日岩手で陣屋を平和裏に接収した頃から、もしこのまま戦をせずに進んだら、あるいは自分たちは必要ないんじゃないかと、何となく総三は思っていたのだ。その総三の思いは日増しに強くなっていた。

「できるだけ早く総三さぁ自身が京に戻り、朝廷に弁明した方がいいと俺は思いもすが」

伊牟田は親身になって総三を心配した。その気持ちは痛いほど総三にも伝わった。

翌二十五日、ちょうど本営より「帰洛すべし」という命令が総三の下に届いたので、すぐさま総三は弁明のため京に向かった。一方綾小路卿と、鈴木三樹三郎率いる二番隊、油川錬三郎率いる三番隊は、特に東山道に執着《しゅうちゃく》は無かったので、鵜沼宿から引き返して東海道に入った。また松尾寺村に残された滋野井卿は、すでに東海道を赤報隊の一派とともに進んでいた。

ところで、東海道総督府の正式な先鋒として肥前大村や備前、佐土原《さどわら》、彦根の諸藩が任命され、赤報隊より遅れて東海道を進んできた。この諸藩兵に「滋野井隊が軍用金を取り立てるといいながら盗賊同様のことをしているから、捕縛して鎮圧せよ」「はむかったら殺してもよい。ただし滋野井卿は殺すな」という命令が下った。この命令は岩倉具視が下したという。滋野井隊が本当にこのような悪事を働いたのか分からないが、滋野井卿は気弱な性質だったので、あるいは部下たちが暴走したのかもしれないし、または滋野井隊の名を騙《かた》った偽者の仕業かもしれない。二十六日に滋野井隊は彼ら諸藩兵によって捕縛され、同日夜四日市で八人が斬首、二十数人が追放となり、滋野井卿だけは京に戻された。これが赤報隊最初の犠牲者であった。

綾小路卿と二番隊、三番隊に対しても帰洛命令が出たので、彼らは全て京に戻った。また綾小路卿は一番隊の総三にも帰洛命令を伝えた。しかし総三は弁明のため一旦帰洛したが、一番隊は依然として中山道におり、大久手宿に滞陣して総三の帰りを待っていた。

京に戻ると、総三はまっさきに薩摩藩邸に向かった。まず総三は伊牟田を呼び出そうとしたが、あいにく伊牟田は不在であった。そこで門番に事情を説明し、ようやく中へ通された。部屋で待っていると、やがて西郷が若い侍を従えて現れた。

「相楽どん、おやっとさあでごわす。色々大変でごわしたな」

西郷は屈託《くったく》の無い笑顔を見せた。

「西郷さん、なぜこれからという時に、我々は帰洛しなければならないんですか?」

「新政府の方針転換でごわす。こん度、諸藩兵を官軍の正規兵にすることにないもした」

「なぜ、我々草莽では駄目なのですか?」

「強盗など、悪い噂が立っているのでごわす。もちろん、俺は相楽どんを信じていもすが」

「それは、先日伊牟田さんにも説明しました通り、濡《ぬ》れ衣《ぎぬ》です」

「そいと、東海道ではなく中山道を進んでいることでごわす。命令違反だと」

「それは」

総三は口籠った。ここが、総三の泣き所であった。

「相楽どん、今からでも遅くはなか。このまま京に残り、部下たちも呼び戻したらいかがでごわす。お前《まん》さぁは、もう十分働いてくれもした」

「西郷さん。この戦いには、これまでの戦いで散っていった多くの同志たちの思いが込められているのです。その死んでいった同志たちのためにも、某《それがし》は必ずや江戸城を攻め落とさなくてはならないのです。そのためには東海道ではなく中山道の進軍が必要なんです」

「うーん、困ったお人じゃ。まあとにかく、しばらく京に滞在して、十分休養しったもんせ。朝廷には俺から説明しておきもんそ」

西郷は部屋を出ていった。西郷も様々な政務に追われ、多忙であった。その西郷の言い方は、まるで総三の行動を黙認するかのようであった。しかし西郷がいたからこそ、総三は京で無事だったともいえる。もしこの時西郷がいなかったら、総三は問答無用で捕縛され、死刑かどうかはともかく、投獄くらいにはなっていたかもしれない。

翌日、総三は中山道の自隊へと戻っていった。この時の、あくまで中山道にこだわる総三の頑《かたく》なさは確かに不可解である。しかし、このような総三の情熱が、旧幕府をここまで追い詰めたのだともいえた。総三らが旧幕府による江戸薩摩藩邸の焼討ちを誘って鳥羽・伏見の戦いを起こし、今江戸城に向って進軍しているのである。恐るべき草莽の力であった。この当時、長州の松下村塾系の志士たちは、師であった亡き松陰から教わった

「狂」という状態・姿勢を特に大事にしていたが、その点総三も立派な「狂」であった。

3

総三は二十八日に大久手宿に戻った。戻る道中、総三は近江の各宿場や村々で、「官軍だといって、賃銭を払わない不埒《ふらち》な者がいたら、それは『偽者』だから竹槍《やり》で突き殺すべし」という布告を出し、偽者による強盗事件を減少させようとした。また自隊の規律もより厳格にし、悪い噂の払拭《ふっしょく》に努めた。

二十九日には、再び東に向かって進軍を開始した。すでに赤報隊は二、三番隊が京に向かっていたので、中山道に残っているのはこの一番隊だけであった。だから今後は、一番隊は赤報隊とは呼ばず、実際に相楽たちが名付けた「嚮導隊《きょうどう》」と呼ぶことにする。

嚮導隊は順調に中山道を進み、二月六日には下諏訪に着いた。ちょうどこの日、京で薩摩藩や朝廷との連絡に当たっていた、総三の古くからの同志である金輪《かなわ》五郎が、伊牟田からの二月二日付の手紙を持って下諏訪にやって来た。

自分(伊牟田)は、朝廷大会議があり、また赤報隊への「至急帰洛せよ」との命令があった時に色々疑惑を感じたので、一足先に帰洛してみると、意外に万事好都合になっており、滋野井・綾小路両卿は帰洛次第、東北会津攻めの総督就任が予定されている。

だから相楽君にも、また両卿に従って活躍してほしいので、至急帰洛して貰《もら》いたい。君の意見は、先日鵜沼宿で聞いたので十分わかったが、東山道に固執して進軍するのは止めて、僕の忠告を聞いてほしい。（「赤報記」『相楽総三関係史料集』現代語訳筆者）

総三の身を案ずる、伊牟田の気遣いが窺われる。

恐らく、この伊牟田の手紙が届いた頃までに、嚮導隊もろとも京に戻っていれば、あるいは総三と同志たちの命は助かったのではないかと思う。滋野井と綾小路の二人はもちろんお咎《とが》め無しだったし、二番隊の鈴木三樹三郎や三番隊の油川錬三郎らも、帰洛ののち、一旦は身柄を拘束されて入牢させられているが、短期間で無罪放免となっているのである。

九日、総三は金輪五郎とともに再び京に向かった。大垣の東山道総督府から呼び出しがあったので、それについて相談することが今回の帰洛目的であった。京に着くと、早速二人は薩摩藩邸の伊牟田を訪ねた。

「おお、総三さぁ、よく帰ってきてくれもした。あいがとごわす」

伊牟田は、自分の手紙を読んで総三たちが帰ってきたのだと、勘違いした。

「いや、伊牟田さん。某《それがし》はただ、相談しに戻っただけなんだ」

伊牟田はがっかりしたが、真剣に総三の話を聞いた。

「ついに東山道総督府に呼ばれもしたか。こいは只事《ただごと》ではごわはんど」

「某もそう思い、こうして相談に来たのです」

「どげんしもんそ」

「やはり西郷さんに相談したいのですが」

「いや、実は西郷さぁは、こん度東海道先鋒軍の薩摩諸隊差引《さしひき》に任命され、もうじき出立しもす。じゃっで、今西郷さぁは物凄くお忙しいのでごわす」

差引とは司令官のことである。

「そうですか」

総三は肩を落とした。

「総三さぁ。悪いことは言いもはん。どうか京に帰ってきったもんせ」

「……」

総三は顔を歪《ゆが》めた。

「総三さぁ。実は先月の二十六日に四日市で、滋野井隊のうち八人が斬首され、二十数人が追放されているのでごわす。じゃっどん、すでに帰洛した二番隊の鈴木三樹三郎たちや三番隊の油川錬三郎たちは、中には入牢している者もおいもすが、斬首になった者はおいもはん。じゃっで今帰れば、総三さぁたちも必ず助かると俺は思っていもす」

「……」

総三は考え込んでいた。

「俺は、西郷さぁがまだ京にいる今が、最後の機会だと思っていもす。西郷さぁが目を光らせていればこそ、お前《まん》さぁは安全でごわすが、西郷さぁがいなくなると、お前さぁを陥《おとしい》れ、亡き者にしようとする者が現れるかもしれもはん」

「どうしたらいいのでしょうか？」

「何とかして西郷さぁに相談してみもす。しばらく藩邸に留《とど》まり、待っていったもんせ」

総三は薩摩藩邸に滞在しながら、西郷の助言を待った。

しかし何ら総三に助言することもなく、西郷は東海道先鋒軍を率いて十二日に京を出立した。そこで総三と伊牟田は知恵を絞り、嚮導隊を薩摩藩付属の隊にする旨の内諾《ないだく》を、薩摩藩より得ることに成功した。これで少なくとも他藩は、嚮導隊に手出しできなくなった。

十八日、総三は大垣の東山道総督府に着いた。本営には総督の岩倉具定《ともさだ》、副総督の岩倉具経《ともつね》、参謀の宇田栗園《りつえん》、北島千太郎（秀朝《ひでとも》）、薩摩の伊地知正治、島津式部、土佐の乾（板垣）退助、長州の楢崎頼三《ならざきらいぞう》、因州の和田壱岐、その他大垣や彦根の代表らもいた。

土佐の乾退助とは昨年五月以来の再会であったが、皮肉な形の再会であった。また北島千太郎は平田門人なので、恐らく以前に総三と面識があったか、あるいは少なくとも北島の名前は知っていたであろう。また嚮導隊は薩摩藩付属となったので、当然薩摩の二名は総三の保護者のようなものであった。従って東山道総督府内の状況は、決して総三は孤立《こりつ》無援《むえん》だった訳ではなく、親総三派も少なからずいたように見えるのである。

退助は、薩摩屋敷焼討ちの報《しら》せが土佐に届くやいなや、一月八日に迅衝《じんしょう》大隊司令に任じられ、十三日に迅衝隊六百余名を率いて高知を出立した。そして二十八日に京に入り、二月九日に東山道先鋒総督府の参謀を拝命、十四日に東征に出陣し、十八日に大垣に着いた。またこの十八日に、退助は今後の甲州方面への進軍を考慮し、武田家の家臣だった先祖の姓に戻った方が有利だとして、「乾」から「板垣」に姓を改めたのであった。

4

幾ら総督府に共感者が少なからずいたといっても、八日に発送された呼び出し状に対して十八日に出頭したことは、やはり総三への総督府の印象を悪くした。総督府側と総三との間で交わされた議論も、これまでの議論と同様のもので、双方の和解にはほど遠かった。

実はすでに二月十日付で、東山道総督府は信州諸藩に布告文を出し、嚮導隊より先を進んでいた高松実村《さねむら》率いる高松隊を「偽勅使」、嚮導隊を「偽官軍」として、それぞれ取り押さえを命じていたのである。

従って、この頃には草莽の切り捨てが総督府の既定の方針になっており、総三ら嚮導隊を如何《いか》にして捕らえるか、捕らえたら投獄か斬首かどちらにするか、が総督府の関心事となっていたのである。会議の場では、一人総三だけが、この事実をまだ知らなかった。

改めて総督府は嚮導隊に、「薩摩藩に付属し、関東探索《たんさく》の任務に就《つ》くよう」という命令を与えた。つまり、総督府はさも総三の要求を呑《の》んだかのように装い、一旦総三らを懐柔《かいじゅう》したのである。「取り押さえろ」という命令を出したのだから、その場で総三を取り押さえることもできたであろうが、その場では総三が暴れて総督府の幹部連中に斬り掛かってくるかもしれないし、逃げられでもしたら大問題であるし、総督府の幹部たちが当事者であることが一目瞭然《りょうぜん》なので、総三らの恨みを買ってしまう。また下諏訪の嚮導隊に「相楽捕縛」が知られたら、彼らは態度を硬化させて、逆に総督府に攻め掛かってくるかもしれない。このような諸々のことを考慮し、総督府は一旦総三を泳がせたのである。

筆者には、どうもこのような「騙《だま》し討《う》ち」は、伝統的な公家のやり方のように思えてならない。少なくとも、武士はこのようなやり方は卑怯だと考え、一般的には行わないのではないか。なぜなら、このようなやり方は人間が動物を捕らえる時に行うようなことで、相手を対等ではなく見下しているからこそ、できることだと思うからである。

嚮導隊の面々は、実は総三不在の二月十三日に京より早駕籠《はやかご》で駆けつけた竹貫《たけぬき》三郎によって、すでにこの報せを聞いていた。従って十八日に総督府に出頭した総三も、それまで京にいたので、あるいはすでに多少は知っていたかもしれない。総三の同志たちは皆愕然《がくぜん》としてうな垂《だ》れ、怒り悲しんだ。彼らは、真相が明らかになるまで謹慎することに決めた。

岩倉具視の命令で関東探索のため江戸に向かう途中の、権田直助と落合直亮は二月十五日に下諏訪に立ち寄った。二人は、京では赤報隊が悪《あ》し様《ざま》に言われているので、これ以上悪い噂が立たないよう、ここに謹慎しているよう総三に忠告しようとした。しかし、総三は京と大垣の総督府に行っていて不在だったので、総三の部下たちに忠告し、中山道を江戸を目指して十七日に出立した。

しかし、信州の諸藩は布告文を手にして、ここぞとばかりに嚮導隊に襲い掛かってきた。彼ら旧来の藩士たちは、これまで支配してきた村の百姓たちが嚮導隊として応援に来て、藩主や家老などの高級武士と対等に話すことを快く思っていなかったので、余計に張り切って嚮導隊の討伐に乗り出した。草莽追い落としの背景には、このような階級間の対立・反目もあったようである。

総三は二十三日に下諏訪に戻った。そして同志たちが戦死したり、各藩に捕らえられたりしたことを聞き、大いに驚き悲しんだ。そこで総三は二十四日に嘆願書を認め、信州で嚮導隊に起きた事態を詳しく述べ、早く同志を釈放するよう諸藩に促《うなが》してほしい旨を訴え、薩藩の本営に送った。翌二十五日にも、再び同様の嘆願書を薩藩本営に送った。

薩藩の本営からは、嘆願書に対する回答として、約定書がそれぞれ送られてきたが、同志の釈放については何ら言及が無かった。そんな中総督府から、総督の岩倉具定らが、二十八日に下諏訪に到着する予定だとの連絡があり、下諏訪より北東の和田峠方向へ一里以上離れた樋橋《とよはし》に、嚮導隊は本拠地を移した。

二十八日に総三は風邪をひいて寝込んでしまったが、総三は再々度の嘆願書を書き始め、二十九日になって書き上げ、薩藩の本営に提出した。すると三月一日になって、捕らわれていた同志たちが嚮導隊本部に帰ってき始めた。総三たちは、二十九日に出した嘆願書が功を奏したと思って喜んだ。

また一日の夜、軍議に参加するようにとの連絡が、総督府の参謀からあった。事態は好転していると喜び、総三はまだ風邪が治ってはいなかったが体調不良をおして、秋田出身の剣客である大木四郎だけを伴って、下諏訪の本営へと急いだ。

総三たちがこちらに向かっていることを知った総督府の首脳陣は本陣を出て、伏兵を至る所に配置して総三たちの到着を待った。そして総三たちが本陣に入ったところを、伏兵が襲い掛かり、総三と大木を捕縛した。総三のことが心配で、後をつけてきた小松三郎と竹貫三郎も、同様に呆気《あっけ》なく縛《ばく》に就《つ》いた。総三と同志たちは本気で総督府とは争わず、神妙に縛に就いたのだと思われる。説明すれば分かって貰《もら》えると、思っていたのであろう。

樋橋に残っていた同志たちにも、翌二日に総督府と総三本人の両方から、下諏訪の本陣に来るようにとの書状が届いたので、六十人ほどが本陣に向かった。そして二、三人ずつが脇本陣に呼ばれ、出頭するやいなや捕縛された。こうして少しずつ捕縛されていき、残り三十人ほどになったところで、周りを囲まれて一気に捕縛されてしまった。

そうして総三たちは、雨の降る中を本陣や脇本陣の庭木に縛りつけられ、一度も食事や飲み物すら与えられず、のちに諏訪神社に移されて神社の並木に縛りつけられ、寒さに凍《こご》え、飢《う》えと渇《かわ》きに苦しみながら一夜を明かしたのである。
一晩中縛られていた彼らは、総督府の非道を罵《ののし》り続けたので、翌三日にはぐったりと疲れ果て、声も出ない状態であった。彼らには一度の取り調べもなく、弁解の機会も与えられず、元より総三たち幹部は死刑と決まっていた。もちろん、総督や参謀たちは一度も姿を見せなかった。

三月三日の夕方、大木四郎、金田源一郎、小松三郎、竹貫三郎、渋谷総司、西村謹吾、高山健彦、そして相楽総三の計八人が斬首された。ただ罪文をちらりと見せただけで、弁明も辞世の句も許されず、まさに問答無用の処刑であった。また、片鬢《かたびん》片眉を剃り落して曝《さら》された上で追放となった者は十四人、単なる追放に処された者は四十数人であった。

参考までに相楽に対する罪状を左に掲げる。

右之者、御一新之時節ニ乗ジ、勅命ト偽リ官軍先鋒嚮導隊ト唱へ、総督府ヲ欺キ奉リ、勝手ニ進退致シ、剰《あまつさ》へ諸藩へ応接ニ及ビ、或ハ良民ヲ動シ莫大之金ヲ貪リ種々悪業相働キ、其罪数フルニ遑《いとま》アラズ、此儘《まま》打棄置候テハ、弥《いよい》ヨ以テ大変ヲ醸シ、其勢イ制スベカラザルニ至ル、之ニ依リ誅戮梟首、道路遍《あまね》ク諸民ニシラシムルモノ也。（「赤報記」『相楽総三関係史料集』信濃教育会諏訪部会編　新仮名遣い、句読点、振り仮名は筆者）

5

相楽たち草莽が、新政府によって処刑された真の理由は何なのか。筆者は慶喜ら旧幕勢力が鳥羽・伏見の戦い以降、徹底して恭順の姿勢を取ったために、新政府が草莽の戦力に依存する必要が無くなったことが理由の一つだと考えている。もちろん、財政基盤を持たない新政府が財源に苦しんだ結果、三井などの大商人たちと結託《けったく》する道を選んだため、逆に年貢半減を主張する草莽勢力が邪魔になり、彼らを抹殺したという理由も妥当だと思う。

しかし筆者は敢《あ》えてここで、もっと根本的な草莽処刑の理由を考えてみたいと思う。それは、一言でいえば「草莽の蔑視《べっし》」である。

幕末時には、厳然《げんぜん》として身分制度が存在した。一般に「士農工商」といわれるが、その「士農工商」の上には帝と公家、その下には被差別民がいた。よく小説やドラマで「上士からみれば、下士は犬・猫同然じゃ」といったセリフを見たり聞いたりすることがある。誰がこのようなことを言ったのかはともかく、時代の空気として、このような感覚があったことは恐らく間違いないのであろう。実際、例えば相楽総三が書いた建白書の書き出しも、「草莽卑賤之身ヲ以テ、敢テ建言仕候」などと書かれていることからも、その雰囲気が窺える。現代の我々からみれば、「何でそこまで謙《へりくだ》るのか」と不思議に感じると思うが、そういう時代だったのである。

それにしても前述のセリフについて、同じ侍であるにもかかわらず「人」と「犬・猫」

がいるということは、もっと身分を越えた関係の場合、例えば侍から百姓をみた時、さらには公家から百姓をみた時には、どう感じるのであろうか。犬・猫にも及ばない、虫けらとかゴミのように見えるのであろうか。

この相楽総三たちの悲劇を改めて考えてみた時、筆者がまず思うことは、新政府、つまり公家や西国雄藩の侍たちは、相楽たち草莽を決して対等にはみていない、ということである。それは、この小説の随所に現れている。例えば、大垣での総督府本営において、一旦は相楽たちに関東探索の任務を与え、そして、捕らえられた相楽の同志たちを一旦は釈放させた上で、改めて全員を捕らえて処罰する。その捕らえ方も、二、三人ずつを効率よく捕らえていく。そして何よりも、一晩中木に括《くく》り付けて何も食べ物、飲み物を与えず、取り調べも弁明の機会もいっさい与えず、問答無用で刑に処す。

このような対処の仕方は、明らかに相手を対等な人間として扱っていないものである。二、三人ずつ捕らえたり、木に括り付けて何も与えないというのは、まるで人間が動物を捕らえる時の行為である。現代であれば、このような行為は人権に反した虐待《ぎゃくたい》にあたるだろうが、幕末でも対等な人間同士であれば、このような扱いはされなかったはずである。

従って、対等な人間としてみていない相手に対しては、虐待とか、騙《だま》した、騙されたといった論理は通じないことになる。だから、相楽が要求した「官軍之御印」や「年貢半減」を、一旦新政府は許可したのに後日それを覆《くつがえ》したことも、彼らにすれば、何ら約束を破ったことにはならないのである。相手は対等な人間ではないのだから。増してや幕末維新の混乱期である。新政府側には、何ら良心の呵責《かしゃく》は無かったであろう。

ゆえに筆者は、二番隊の鈴木三樹三郎や三番隊の油川錬三郎のように、早々に相楽たち一番隊が京に戻っていれば、一時的に投獄させられたかもしれないが、恐らく命は助かったのではないかと考えている。実際、鈴木や油川も明治以降に命を長らえているし、何よりも相楽の盟友である伊牟田が、親身になって相楽に帰洛を勧めているのである。ただし鈴木も油川も出自は藩士だが、一方相楽の出自は郷士なので、そのため多少扱いは異なったかもしれない。

しかし筆者は、再三の新政府による帰洛命令を相楽が無視したことにより、初めて新政府側に相楽への殺意が芽生えたのではないかと思う。それはまるで、それまで従順だと思っていた飼い犬に、突然手を噛《か》まれたような心境だったのではないか。飼い主としてのプライドを傷つけられた上に、手に負えなくなったその飼い犬が恐ろしくなったのであろう。

では相楽たちを抹殺した首謀者は誰なのか。従来は岩倉具視が首謀者の最有力候補とされてきたが、筆者は岩倉ではないと考えている。なぜなら岩倉にすれば、旧幕勢力が恭順したから草莽が必要なくなったとしても、何も殺す必要はないし、大商人と結託《けったく》したといっても、年貢半減だけを取り消せば済むので、やはり殺す必要がない。取り消すためには殺すしかなかったというのは強弁《きょうべん》であろうし、策士として名高い岩倉がこんな下策を行うとは思えない。また岩倉自身はさほど身分に拘《こだわ》らなかった。それは次の事例からも窺える。かつて岩倉は公武合体の推進のために、皇女和宮の将軍家茂への降嫁を主導的に実現させた。しかし、将軍家に嫁しても生活習慣は御所風《ごしょふう》を維持すると和宮に約束したにもかかわらず、和宮は将軍家では問答無用で武家風の生活習慣に改めさせられたという。このように岩倉は皇女を騙すことも厭《いと》わなかったのであり、そんな型破りで大胆な男が命令に従わなかったくらいで相楽を殺すとは、どうにも考えにくいのである。

ただ、大垣の東山道総督府にいたのは岩倉兄弟であって具視ではないのだが、当時若輩であった岩倉兄弟は何を判断するにしても、側近である二人の参謀頼みだったであろう。そして二人の参謀（宇田と北島）も結局は岩倉の意向に忠実だったと思われるので、岩倉が指示しない限り、相楽たちを処刑しようとはしなかったと考えられるのである。

すると残りは薩摩の伊地知と島津式部であるが、筆者は彼らが一番怪しいと考えている。彼らが東山道軍の先鋒争いを相楽とし、相楽が先鋒であり続けることに対し、彼らの誇りが大きく傷付けられたのではないか。元々彼ら薩摩藩士は誇り高く、他藩に先鋒を取られただけでも誇りが傷付くのに、草莽である相楽たちに取られたのである。「草莽ごときに」と大いに悔しがったことであろう。『相楽総三とその同志』でも、長谷川伸は相楽たちの年貢半減や強盗疑惑を処刑の理由として推《お》しながらも、薩摩藩と相楽との先鋒争いにも触れ、「相楽と薩藩との間に、最も悪い種を蒔いた」としているのである。

確かに相楽処刑の直前には、嚮導隊は薩摩藩の指揮下に置かれていたので、相楽たちの生殺与奪《せいさつよだつ》の権利は全て薩摩藩が握っていたといえる。従って、もし薩摩が相楽たちの処刑に反対すれば、たとえ岩倉総督が主張したとしても、相楽たちの処刑はできなかったであろう。逆に薩摩が主張すれば、他の誰が反対しようと相楽たちは処刑されたと思う。

つまり、やはり相楽処刑には薩摩藩が関与していたと思われる。そして岩倉総督も含めて、薩摩以外に相楽たちの処刑を主張する者がいたとは考えづらいので、恐らく薩摩が主導した可能性が高いであろう。だから『相楽総三とその同志』の冒頭の「亀太郎泣血記」でも、この話が事実だとすれば、相楽の孫の亀太郎が大山巌を度々訪問したが、大山は亀太郎には会わなかったのである。これなどは逆に薩摩の関与を窺わせることになると思う。

ただし前述のように、薩摩の関与といっても先鋒争いの可能性が高いので、せいぜい伊地知や島津式部辺りの主導で処刑が行われたのではないか。もちろん岩倉総督も同意しただろうが、当時駿府にいた西郷が相楽の処刑に関与した可能性は低いと思う。伊地知も島津も西郷と相楽の仲は知っていたと思われるので、敢えて西郷には知らせなかったと思う。

こうして明治政府が建てられた後も、「草莽蔑視」の意識は脈々と政府内に蔓延《はびこ》っていった。この「草莽蔑視」が「官尊民卑」という意識の原形だと筆者は考えている。そして、この意識がさらに膨張して、「官僚の暴走」へと発展していったのではないか。だから、例えば先の大戦における「軍部の暴走」も、根源はこの辺りにあると筆者は思うのである。

第十一章　偽勅使

1

相楽の処刑から、日付を一カ月ほど戻す。一月二十二日に美濃の加納宿で赤報隊を追い越した高松実村率いる高松隊の本隊は、道中ほとんど抵抗らしい抵抗も受けず、二月十一日に甲府に着いた。だが高松隊の先遣隊を率いる小沢一仙は、すでに二月一日に甲府に着いていた。甲府に着いた一仙は、すぐさま上黒駒村八反田の武藤親子に連絡した。

「父上、本日一仙が甲府に到着したそうです」

「そうか。ついにこの日が来たか」

「はい。待ちに待った我らの宿願が、ようやく叶おうとしております」

「長らく徳川の支配に甘んじてきたが、我らの主《あるじ》は今も昔も武田をおいて他にはない。その武田復活の象徴が甲府城の奪取なのじゃ」

「はい」

外記も藤太も涙ぐんでいた。確かに彼らは反幕府・反徳川であったが、その理由には尊皇だけではなく、親武田という意味も含まれていた。これは甲斐の人々が長きに渡って育《はぐく》んできた、独特な感情であった。

「では、我らが次に為すべきことは、平和裏に官軍を甲府城に入城させることじゃな」

「はい。すでに教安寺《きょうあんじ》で、井上先生がお待ちです」

「うむ。まずは藤太、お前一人で教安寺に行き、井上先生のご用件を伺って参れ。おおよその察しはつくがな」

外記が命じると、そくざに藤太は甲府の教安寺に向った。井上先生とは、彼らに以前より剣術を指南し、この時遊撃隊を率いていた北辰一刀流の剣豪、幕臣の井上八郎であった。八郎は、慶応三年の一月頃より甲府の治安を維持する任務のため、甲府に赴任《ふにん》していたのである。慶応四年二月の武藤外記の日記にも、井上八郎は二回登場している。

八郎の要件とは、案の定、官軍である高松隊を迎えるに当たっての相談事であった。藤太は上黒駒村の八反屋敷に帰ってくると、教安寺で八郎から相談されたことを、そのまま外記に伝えた。

「井上先生がおっしゃるには、江戸の公方《くぼう》様は恭順のお考えで、朝廷よりの勅使であれば、・・・・・・その真偽にかかわらず、決して手向《てむ》かいしてはならぬとのご沙汰だそうです」

「そうかそうか。ならば戦の心配は無さそうじゃのう」

「はい。ただ……」

藤太は浮かない顔をした。

「どうしたんじゃや」

「どうも拙者は、『その真偽にかかわらず』という先生のお言葉が気になっております。どうやら一仙たちについて、良からぬ噂があるようです」

「どんな噂じゃ」

「彼《か》の者らは、本当に朝廷の勅使なのかと。先生ご自身も、多少お疑いのようでした」

「ふーむ。どうしたものかのう。じかに一仙に訊《き》いてみるか」

「父上、今しばらくお待ち下さい。明後日、拙者は再び教安寺の先生の下に参りますので、その際甲府の町で噂がどのように流れているか、少し状況を調べて参ります」

二月三日、藤太は再び教安寺を訪れて井上八郎に会い、藤太たちが官軍と旧幕軍との間の仲介をすることになった。その際八郎は、一仙が甲府への進軍途中、甲州の人々へ向けて十カ条の条目を発表したと藤太に伝えた。その条目とは要約すれば、百姓には年貢半減を、長百姓《おさびゃくしょう》には諸役《しょやく》の免許を、旧武田の武士には現石高の保障を、兼武神主には朱印高の倍増を、甲府勤番士には所持高に応じた土地の給付を、それぞれ約束して布告したものであった。

実は布告の以前から、一仙の下には、甲斐の人々からのそのような訴願《そがん》が舞い込んでいた。だから一仙は、彼らを官軍側に引き入れるために、それらの訴願を聞き入れたのだった。それらは実現されれば、それぞれの階級の人々にとっては、確かに魅力的なものであった。しかし素人目に見ても、果たしてこんなことが都合よく本当にできるのかと、人々を不安にさせる内容であった。だから甲斐の人々は、一仙に大いに疑念を持ったのである。

しかしその一方で、これらの布告に気をよくした甲府勤番士や浪士、神主などが、官軍に協力しようと、すでに官軍が宿泊している瑞泉寺《ずいせんじ》に参集し始めていると、八郎は藤太に伝えたのであった。

その夜、上黒駒村に帰った藤太は、早速父親の外記に報告した。

「父上。ここは一つ、じかに一仙に会って、真偽を確かめた方がいいと思います。一体何の権限があって、『十カ条の条目』など出しているのか。すでに、甲府城代や甲府代官など旧幕関係の人たちは、一仙に対して疑念を持っている者もいるようです」

「相分《あいわ》かった。ならば儂《わし》が行かねばなるまい。明日にでも一仙に会おう」

四日、二人は官軍が宿泊する瑞泉寺を避け、遠光寺《おんこうじ》で一仙と会った。一仙はまるで子供のように、二人との再会を喜んだ。久しぶりに見る一仙は、少しやつれたとはいえ、相変わらず精悍《せいかん》な顔をしていた。再会を祝し、ひとしきり双方の近況報告が済んだ後、外記が一仙に尋ねた。

「一仙。お主、なぜあのような十カ条を布告したのじゃ」

「なぜって、甲斐の人々が要求したからですよ。だから、その要求を呑《の》めば、官軍に協力してくれると思って」

「しかし、お主にそのような権限があるのか」

「それは」

一仙は口籠《ごも》った。不安になった外記は、恐る恐る一仙に訊いた。

「一仙。お主、自分が官軍であることを証明する印を、何か朝廷から頂いておるのか。つまり錦の御旗とか綸旨《りんじ》のような」

綸旨とは、天皇の意を受けて蔵人所が発給する文書のことである。

「いいえ」

一仙は俯《うつむ》き、小声で答えた。

「でも戦場においては、勝つことが先決じゃないですか。だから拙者は、勝つために最善を尽くしたんですよ。それの何がいけないんですか」

「……」

外記も藤太も、一仙に返す言葉が無かった。一仙の考え自体は理解できたが、何か一仙が致命的な過ちを犯しているように思えた。それは、一言で言えば「偽勅使《にせちょくし》」ということだが、あまりに畏《おそ》れ多いことなので、自《おの》ずと二人はこの言葉を口にするのを避けた。帰り道、外記は藤太に言った。

「このまま一仙の身に何も起こらねばよいが、……ただでは済まんじゃろうな」

言い終わると外記は大きな溜息をついた。偽勅使という言葉の重みが、二人の肩にずっしりと伸《の》し掛かっていた。

2

二月十一日、ついに高松実村と岡谷繁実《おかのやしげざね》らが率いる高松隊本隊が甲府城に入城した。そして宿所を教安寺にした。この本隊には、高島藩士で平田門人であり、また相楽総三の盟友であった飯田武郷《たけさと》や岩波鳰江《におえ》、また伊那谷の代表的な平田門人であった北原稲雄《いなお》らも随従《ずいじゅう》していた。もちろん、それまで教安寺に滞在していた井上八郎らの幕臣たちは、事前に教安寺から退去していた。

その高松隊が甲府城に入城したのと同じ十一日、東海道先鋒総督兼鎮撫使の橋本実梁《さねやな》総督の使者が甲府にやって来た。その用件は、甲府は東海道軍の管轄なので、甲府城を東海道軍に引き渡すようにとのことであった。これには高松卿も岡谷も一仙も内心皆反発したが、錦の御旗も綸旨《りんじ》も持たない彼らには抗《あらが》いようがなかった。

また使者は高松隊の帰京も促《うなが》した。この使者に対して一仙たちは激昂《げっこう》し、使者を斬ろうと騒ぎだし、慌てて岡谷が宥《なだ》めたという。これには高松隊に、江戸を攻撃する前に横浜を襲撃する計画があったことが関係していた。その襲撃のためにも、大義名分となり得る錦旗や綸旨が必要なので、一仙や岡谷らは重ねて朝廷にそれらの下賜《かし》を申請した。ところが横浜襲撃計画に驚いた朝廷は、錦旗や綸旨の下賜などとんでもないと、逆に高松隊の呼び戻しのために使者を送ってきたのであった。

さらに京にいる実村の実父である高松保実《やすざね》からも、帰京を促す書状が実村の下に届いていた。加えて前述したように、すでに二月十日付で、東山道総督府は信州諸藩に布告文を出し、高松隊は「偽勅使」であると布告していた。これによって、高松隊に随従していた諸藩兵に帰藩を命じる指令が、後難を恐れる諸藩から相次いで届くようになった。そこで実村はどうにも追い詰められてしまい、ついに自隊の帰京を決意せざるを得なくなった。

実村と岡谷は早々に進軍を諦《あきら》めて帰京を決意したが、一仙は当初中々承諾しなかった。それを岡谷が説得し、何とか一仙に帰京を承諾させ、高松隊は甲府を発った。一行は甲州街道を信州方面へ向かい、信州最初の宿である蔦木《つたき》に着くと、実村はここで随従していた諸藩兵を解散した。

ここから一仙は高松隊と別行動を取り、東海道筋を上京しようと韮崎《にらさき》まで戻った。韮崎から甲州街道を離れて富士川沿いに南下し、東海道に出ようと考えていたのであろう。ところが一仙は二月十八日に韮崎で、甲府城代の手によって弟の金吾とともに捕縛された。

一仙が別働隊として東海道を上京することは、恐らく高松実村の指示があったのであろう。実村がそのような指示を出した理由は定かではないが、自分たち高松隊は中山道のどこかで捕縛されて、京まで辿《たど》り着けない恐れがあるから、一仙たちだけでも京に帰り、我ら高松隊の弁護をしてくれるように願い、東海道からの上京を指示したのであろうか。

この後、三月十四日に一仙は斬首、金吾は追放となった。一仙の首は甲府近郊の山崎の刑場に晒《さら》されたが、一説には藤太の妻の登婦子《とうこ》が持ち帰り、罪人のため密かに竹藪《たけやぶ》に埋葬したという。それを藤太が明治二十年に、一仙とその父親石田半兵衛の墓を、武藤家代々の墓の隣に改めて建立したといわれている。

もし一仙が韮崎に戻らず、実村、岡谷らとともに京に戻っていたら、どうなったであろうか。それでも一仙は十カ条の条目を発表した罪があるので、重罪にはなったであろうが、死刑にまではならなかったかもしれない。なぜなら高松実村も岡谷繁実も、ともに謹慎で済んでいるからである。一仙の死罪は少し重過ぎる気がするが、逆に実村と岡谷の謹慎は、少し軽過ぎるのではないか。

一仙の出自は宮大工という百姓身分だったのに対し、実村は公家、そして岡谷は館林藩の家老格の家に生まれた上級武士という出自であった。また特に岡谷は、帰属する館林藩の藩主秋元志朝《ゆきとも》が長州毛利家の出身だったことや、自身が高松家の家老となっていたことも、幸いしたのであろう。またしても筆者はここに、身分の差を感じてしまうのである。

一仙処刑の当日か翌日かは定かでないが、外記と藤太親子は参謀方の御用のため、甲府に行って誓詞《せいし》を上呈《じょうてい》し、帰村したという。この参謀というのは、三月十二日に甲府に入った東海道先鋒総督府参謀の薩摩藩士海江田《かいえだ》信義（かつての有村俊斎）のことであろう。誓詞とは、恐らく新政府への恭順を誓い、今後は反抗せずに協力することを誓ったのだと考えられる。それを海江田は一仙処刑を踏まえて行ったのであるから、一仙が処刑されても官軍に忠誠を誓えるかという、まさに誓詞の提出は武藤親子にとって「踏み絵」の役割を果たしたのだといえよう。

誓詞を提出し、甲府から上黒駒村に帰る途中、外記と藤太はしみじみ語り合った。

「父上、ようやく我らの悲願である甲府城が手に入ったのに、どうにも心が晴れません」

「相楽も一仙も、官軍にいいように使い捨てられたな。元より奴らに落ち度が無かった訳ではないが、それにしても不憫《ふびん》よのう」

「しかし、土佐の板垣殿が進軍して来るのであれば、一仙たち高松隊など、元々必要なかったのではありませんか」

「当初は中山道や甲州街道で、どれくらいの旧幕勢力が抵抗するか分からんかった。だから相楽や一仙たちが重宝《ちょうほう》されたんじゃろう。しかし蓋《ふた》を開けてみれば、大した抵抗は無かった。だからお払い箱になったんじゃ。分かりやすいといえば、これほど分かりやすい理屈もなかろう」

言い終わると、外記は溜息をついた。

「父上。それでは、あんまりにも彼《か》の者らが哀れではないですか」

藤太は涙ぐんでいた。

「元々朝廷とはそういうものよ。雲上人《うんじょうびと》は下々のことなど気にも留《と》めぬわ」

「――」

藤太は絶句した。

「我々ごとき卑賤《ひせん》の者が帝の御役に立つ。こんな光栄なことはない。そう考えることじゃ」

3

海江田が甲府に入る五日前の三月五日、東山道先鋒総督府参謀の板垣退助が甲府城に入城した。

（ついに俺は先祖の地に帰ってきた）

退助は感無量であった。ここまで辿り着くのに幾つも障害があっただけに、嬉しさもひとしおだった。

岩倉や退助の読み通り、乾姓から板垣姓に変えたことが功を奏し、「武田家旧臣、板垣駿河守信方《のぶかた》の末裔《まつえい》が甲斐に帰ってきた」として、信玄贔屓《びいき》の甲斐の人々に大歓迎されたという。そして、同じく武田家旧臣の子孫や神主、長百姓らが官軍への協力を申し出、「断金隊」や「護国隊」といった軍隊が編制されることになった。

この時点で、二日前に処刑された盟友相楽総三の死を、退助が知っていたか否かは分からない。『相楽総三とその同志』中の「木村亀太郎泣血記」では、下諏訪に帰るまで退助は知らなかったと亀太郎に答えているが、あくまで面前の亀太郎に気を遣《つか》ってそう言っただけかもしれず、実際のところはどうだったか。参謀の立場上知らなかったはずはないとも思えるが、逆に周囲が退助と総三の間柄に気を遣って、知らせなかったのかもしれない。

しかし、退助に感慨に浸《ひた》っている時間は無かった。入城後すぐに、江戸から甲州街道を旧幕府軍が進軍してくるとの情報が、退助にもたらされたのである。それは大久保剛《たけし》という変名を使った新選組の近藤勇と、同じく内藤隼人《はやと》と変名した土方歳三が、甲陽鎮撫隊およそ二、三百名を従えての進軍であった。隊は新選組と、非人頭の弾左衛門《だんざえもん》が派遣した非人部隊と、甲州街道を進軍中に立ち寄った日野宿の名主である佐藤彦五郎が集めた春日隊とで編制されていた。この佐藤彦五郎は土方歳三の義兄であった。

甲陽鎮撫隊の派遣は、江戸から過激派を追放しようとした勝の策略だといわれているが、実際に派遣を決めたのは、当時若年寄で国内事務取扱であった大久保一翁だという。

甲陽鎮撫隊が甲府に迫ると、甲府城はすでに官軍に押えられたとの報せが入った。すると、それを聞いた隊員たちは、朝敵になるのを恐れて隊を脱走する者が続出した。特に元々戦意が低い非人部隊の脱走が激しかったと思われる。百二十名余りにまで減ってしまった現状を踏まえ、大久保こと近藤は、盟友の内藤こと土方に、神奈川方面に展開していた旗本の部隊である菜葉隊《なっぱたい》に赴《おもむ》いて援軍を求めるように命じ、土方は戦線を離脱して一旦江戸に向かった。

偵察から甲陽鎮撫隊の情報を得た退助は首をひねった。

（大久保剛？　……聞いたことないな。一体誰だ？）

しかし、その隊の中心は新選組だと知り、退助は俄然《がぜん》闘志が湧《わ》いてきた。

（坂本や中岡の弔い合戦じゃ）

当時、土佐人の多くは坂本龍馬と中岡慎太郎を殺したのは新選組だと思っていたという。

敵の兵力も大したことはなく、また敵は甲府近郊の勝沼付近に布陣していると知り、三月六日、退助は配下の迅衝《じんしょう》隊に出陣を命じた。ただし、退助率いる主力部隊は甲府城に残った。何しろ入城した翌日である。まだ甲府市内の動静が安定していなかったので、城を空にすることはできなかった。

谷守部（干城《かんじょう》）らに率いられた迅衝隊は、甲陽鎮撫隊目掛けて襲いかかった。それでも六日の午前中には一時苦戦したが、午後には士気、兵力、火力に勝る迅衝隊が圧倒し、甲陽鎮撫隊は敗走し始めた。甲陽鎮撫隊が敗走するまで、およそ二時間であったという。土方の援軍も来なかった。また近藤は京で伊東甲子太郎を暗殺した仇《かたき》として、御陵衛士《ごりょうえじ》の鈴木三樹三郎《みきさぶろう》や篠原泰之進《たいのしん》たちから受けた銃創が癒《い》えず、満足に戦えなかったことも敗戦の一因であったという。迅衝隊は、敗走する甲陽鎮撫隊を追撃する余勢を駆《か》って、江戸へ進軍した。

この後、近藤は官軍に捕縛（一説には自首）され、大久保剛という変名を使うも正体がばれて、四月二十五日に板橋で処刑された。一方の土方は北上し、会津での戦いの後仙台を経て箱館に渡り、明治二年五月十一日、五稜郭の戦いで戦死した。

一方の板垣は、この戊辰戦争での功績が認められ、明治政府では参議などの高官に就任するが、明治六年のいわゆる征韓論にまつわる政変で下野し、士族反乱には与《くみ》せず自由民権運動に邁進《まいしん》する。彼が幕末期に参加した倒幕運動などの反権力闘争が下地となって、明治期の自由民権運動に結び付いたのであろう。甲斐の人々も、よく板垣の自由民権運動を支援したといわれている。

4

この退助の活躍を、恐らく外記・藤太親子は喜んだであろう。彼らが期待して育てた一仙は甲府城の入城を果たしはしたが、その絶頂のさなかに、まさに三日天下の如く失脚させられ、処刑されてしまった。しかし武田旧臣の末裔である退助が甲府城に入ったことで、改めて彼らの溜飲《りゅういん》は下がったのである。

外記は慶応四年六月に同志を募り、「草莽志願書」と名付けた護国隊組織の嘆願書を六月一日付で作成し、新政府に提出している。この志願書には外記を含めて計二十三名の名が記されていて、藤太の従兄弟である依田熊弥太の名前もある。また特筆すべき人物は、甲斐国八代郡中尾村神主である田村此面《このも》の伜《せがれ》として伊予之介の名が記載されている。彼は明治の陸軍において中将・参謀本部次長となり、対露作戦を練って日本を勝利に導き、「今信玄」と呼ばれた田村怡与造《いよぞう》のことである。

しかし外記は、この嘆願書の日付からわずか二カ月半後の八月十六日に、韮崎の北方の、釜無川沿いの岩森村にある通称「むじな穴」で、何者かによって暗殺されてしまった。眉間《みけん》に深い突き傷と、横に一太刀あびた刀傷があったという。当初、かなり身分のある神主姿の老人の死体として、身元不明のまま仮埋葬されていたが、その死体は行方不明になっていた外記ではないかと遺族が確認した結果、外記であると確認されたという。

外記暗殺の下手人は捕まっておらず、地元では「悪徒の犯行」と噂されたらしいが、あるいは時期的に考えて、官軍に敵意を燃やす旧幕府勢力の犯行ではないかと思われる。

皮肉なもので、かつて東照神君のお墨付きによって守られていた檜峯神社の広大な領地は、幕府の天領であったため、維新後は八反田の家屋敷だけを残し、政府に召し上げられてしまった。必死に幕府を倒し、帝による親政を実現させてみたものの、実は知らぬうちに自分たちの首を絞めていたのである。この時にはすでに外記は亡くなっていたが、息子の藤太たち武藤家の人々は何を思ったであろうか。

その息子の武藤藤太は、維新後は山梨県神道事務分局の局長といった神道関係の要職に就き、また県内の新水道開削事業に多額の私費を投じたことが知られている。これなどは、かつて日本海と琵琶湖を結ぶ運河の開削を構想した小沢一仙の影響かもしれない。藤太は明治二十三年に六十四歳で亡くなった。

別の外記の教え子である豊後岡藩士の山県小太郎は、前述の通り、会津戦争では軍曹として、軍監の薩摩藩士中村半次郎とともに会津若松城の明け渡しに立ち会っている。そして維新後は、大宮県判事、兵部省に入省して英国留学、のち海軍省に出仕し、勲六等単光旭日章を賜ったという。明治二十八年に六十歳で没した。また、これも前述したが、小太郎は同郷の先輩であり師でもある岡藩士小河一敏《おごうかずとし》の息子と、武藤藤太の娘の結婚を取り持ったといわれている。その小河も幕末の功が認められ、維新後は堺県知事や宮内大丞などを務めた。

もう一人の教え子である黒駒勝蔵の人生も波乱万丈であった。勝蔵は慶応四年の一月に一旦は赤報隊に入隊するが、召還令に従って帰京し、改めて池田勝馬と名乗って徴兵七番隊に入隊し、奥州の平潟口《ひらかたぐち》（現在の福島県と茨城県の県境）で戦った。維新後、第一遊軍隊所属時に甲州の黒川金山の開山を建白して承認された。そして明治三年の八月に黒川金山に調査に向かい、そのまま帰隊しなかったために捕縛され、今回の脱隊と幕末時の殺人の罪で明治四年に処刑された。しかし脱隊自体は死刑になるような罪ではなく、また幕末時の殺人は、すでに明治天皇即位の恩赦《おんしゃ》によって許されていたはずであり、不可解な処刑であったといわざるを得ない。なお、勝蔵の命日は十月十四日と二月七日の二説がある。

しかしながら、こうして様々な人々の人生を眺《なが》めてみると、同じ志士として同じような活動をしていても、維新時に藩士か、または脱藩した旧藩士だった者は維新後もそれなりに栄達し、一方維新時に確たる後ろ盾の無い、農民や町人出身の草莽や博徒は、処刑されるなど悲惨な末路を辿った者が多いと思う。本書に登場した人物では、前者は岡谷繁実や小河一敏、山県小太郎、後者は相楽総三や小沢一仙、黒駒勝蔵といったところであろう。

前述した通り相楽の出自は郷士であり、旗本酒井錦之助の家来だったので、本来は藩士に準ずる位置付けであったが、この酒井家は庄内藩主の酒井家の分家なので、尊攘派の相楽の後ろ盾にはなり得なかった。従って元々藩士や郷士であっても、その藩が勤王藩であり、維新後に「勝ち組」に入っていなければ、後ろ盾とはなり得ないといえそうである。

本書に度々登場する『相楽総三とその同志』中の「木村亀太郎泣血記」において、いみじくも渋沢栄一が相楽を回想して「相楽氏が関東の浪士でなく、すこし大きな藩の士で藩主を擁していたなら、今ごろは坂本龍馬や高杉晋作や水戸の武田耕雲斎などより有名になっている人だった（前後略—筆者注）」と言ったと書かれている。本当に渋沢がそう言ったかどうかはともかく、このような心情は、本書を読んで頂いた読者の方々には、大いに共感して頂けるのではないだろうか。これも筆者が訴える「草莽蔑視」と根は同じことである。

第十二章　江戸無血開城

1

前述した通り、権田直助と落合直亮は岩倉具視に関東探索を命じられて、京から江戸、そして再び京へと戻った。その二人の足取りを記した『東行日記』によれば、二人は二月二十二日に江戸に着き、二十七日に江戸を去るまで、精力的に様々な人物に会っている。その江戸を去る前日の二十六日に、二人は下諏訪より二人に同行していた岩波万右衛門（美篶《みすず》）を、山岡鉄太郎と松岡万《つもる》のそれぞれの家に遣《つか》わしている。

岩波が両家を訪問した目的や、両家で話したことなどは一切日記には書かれていないから推測するしかない。この時の関東探索において、最も新政府側が知りたかったことは、旧幕府は官軍に対して抗戦か恭順かどちらなのかということである。だから恐らく、このようなことを中心に情報を収集したのであろう。

ところで昨年末の薩邸襲撃以来、益満休之助は旧幕府に捕らえられていた。鉄太郎はいつ、益満が旧幕府に捕縛されたことを知ったのであろうか。前述したように鉄太郎は庄内藩や新徴組に知人がいるので、かなり早い段階から知っていたのではないかと思われる。

しかし、益満の捕縛を知っていたのであれば、なぜ鉄太郎は勝が益満を引き取る三月二日まで、益満を救出しなかったのであろうか。鉄太郎が動けば、彼の立場をもってすれば、益満救出は可能だったのではないか。なぜなら、鉄太郎は『相楽総三とその同志』によれば、薩摩出身の薩邸浪士である伊東武彦を助命して引き取っているし、『明治維新草莽運動史』によれば、旧幕府方に捕らえられた薩摩出身の薩邸浪士である伊藤助五郎を引き取っているからである。あるいは、この伊東武彦と伊藤助五郎は同一人物かもしれないが、いずれにせよ鉄太郎が嘆願すれば、伊東らと同様に、益満も釈放されたと思うのである。

だから恐らく鉄太郎は益満救出を図ったが、益満が薩邸浪士の頭領格だったため当然死刑囚だったので、救出作戦が思うように進まなかったのであろうか。あるいは、鉄太郎は益満の捕縛を知らなかったが、岩波万右衛門によってそれを教えられたのであろうか。

その益満は勝海舟の日記によれば、三月二日に薩摩藩士の南部弥八郎と肥後七左衛門とともに、勝に引き取られている。そして、上野の寛永寺で謹慎していた慶喜は、自身の恭順の意を駿府まで進軍していた官軍に伝えるべく、一旦は慶喜の身辺警護をしていた高橋泥舟に使者役を命じた。しかし、泥舟が側《そば》を離れるのを不安に思った慶喜は、泥舟の代わりが務まる者はいないかと泥舟に尋ね、泥舟は義弟の山岡鉄太郎を推薦したのであった。

泥舟からの推薦を聞き入れ、早速慶喜は鉄太郎を使者に任命しようとした。しかし大事な役目なので、泥舟はじかに慶喜が鉄太郎に命じるべきだと上申した。そこで慶喜は鉄太郎を呼び出し、じかに命じたのであった。この辺りは「二心殿」と揶揄《やゆ》されたほど、すぐに変心する慶喜を泥舟は警戒し、鉄太郎のためにもじかに言質《げんち》を取ったのであろう。

勝の日記によれば三月五日（一説には六日だともいわれている）、鉄太郎は益満を引き取りに勝邸に行った。鉄太郎と勝は初対面だったことが、勝の日記から窺《うかが》える。この時、鉄太郎は無役の一旗本に過ぎなかったが、一方の勝は軍事取扱であり、軍事部門のトップといってもいい存在であった。だから二人の地位には雲泥の差があった。

「あんたが山岡さんかい」

「はい」

「いったい何の御用だい？」

「勝先生。上様の御下命により、拙者はこれより駿府の大総督府に参ることになりました」

「行って、あんたどうするんだい？」

「大総督宮にお会いして上様の恭順の意を伝え、かつ上様の助命を嘆願致します」

「ほう、こいつは殊勝《しゆしよう》なこった。だが大総督宮が一旗本にお会い下さるとはとても思えねえ。参謀の西郷に会えれば上等だろう」

「はい」

（それにしてもでかい男だな。確かにこの男なら、西郷と遣《や》り合うかもしれんな）

勝は内心、初対面の鉄太郎の巨体に驚いていた。

「それで、駿府に行く予定の人が、何だって俺の所に来たんだい」

「実は、先生の所にいる益満を、拙者にお貸し頂きたいのでござる」

益満の名を聞いた途端《とたん》、勝の顔が少し強張《こわば》った。

「お前さん、なぜ益満がここにいることを知ってるんだい？」

「それは、噂で」

鉄太郎は口籠《くちご》もった。鉄太郎がどのようにして、勝が益満を引き取ったことを知ったのかは分からない。泥舟辺りが義弟の身を案じ、情報を入手して鉄太郎に知らせたのか、あるいは鉄太郎独自の、庄内藩や新徴組の知人から聞いたのであろうか。

「そうかい。あ、そういえば、確かお前さんと益満は旧知の仲だったたな」

「はい」

「うーん。まあ益満を貸すのはいいが、何のために奴を？」

「駿府までの道中を、道案内してもらうつもりです。あいつは薩摩藩士ですから、薩長の奴らに顔が効きますので、あいつと一緒なら、無事に駿府に辿《たど》り着けると思いまして」

「なるほどねえ。まあこっちは、上様の御下命じゃ異論の余地はねえから、益満のこともお前さんの好きにするがいいさ」

「ありがとうございます」

「あ、そうだ。ついでと言っちゃ何だが、西郷に書状を渡してもらいてえんだが」

「はい」

「ちょっと待っててくれ。この前書いた奴があるから、それを持っていって欲しいんだ」

勝は急いで書斎に戻り、書状を鉄太郎に渡した。役目柄《やくめがら》、鉄太郎も書状に目を通した。

書状は「無偏無党」から始まるものと、「臣愚」から始まるものの二通であった。両者とも全文訳を拙著『英明と人望』に記載しているので、ここでは繰り返さないが、要約すれば、「無偏無党」の方は「外国に侵略される恐れがあるのに、今国内で内戦をしている場合ではない。江戸は往来が激しいので治安の維持が難しいが、もし和宮様にもしもの事態が起こったらと心配している。だから東征軍の皆さん、治安の維持をしっかりやって欲しい」となり、「臣愚」の方は「既に関東で起こっている戦争は徳川家では制御できないので、このために江戸の百万の民衆が被災しようとしているから何とかして欲しい。関東がこのような情勢であると聞いて朝廷内でこれを笑う者は、戦略には長けていても王者の政《まつりごと》として民衆を愛護しているとはいえない」となる。両者とも、尤《もっと》もらしい理屈を言ってはいるが、要は新政府に「何とかしろ」と言っているのであり、勝のしたたかさが窺える。

「あ、そうそう、一番大事なことがまだだったな」

勝は下男を呼び、益満をここに連れてくるように言った。こうして鉄太郎と益満は、久々の再会を果たした。慶喜の下命のため、二人はすぐさま駿府へと向かった。

2

駿府を目指して東海道を上りながら、久しぶりに二人は語り合った。

「何で、もっと早く助けてくれなかったんですか」

「すまんすまん。色々と手間取ってな」

「危うく死罪になるところでしたよ」

「ははは。そう簡単には死なさんぞ。お前さんにはこれから大事な仕事が待ってるんでな」

二人は颯爽《さっそう》と東海道を徒歩で進んだ。その際鉄太郎は、

「朝敵徳川慶喜家来、山岡鉄太郎、大総督府へ通る」

と大声で叫び、進んだという。道中、薩摩や長州の陣営があったが、益満が薩摩弁で事情を説明するだけで、両陣営とも二人を通過させてくれた。鉄太郎にとって、まさに益満は最高の「通行手形」であった。

駿府では、西郷一人が鉄太郎に相対した。尊攘派の東西両横綱の初対決であった。その間、益満は別室で控えていた。西郷と鉄太郎の二人きりであれば、益満はどちらを警護する必要も無かった。

「西郷でごわす」

「お初にお目に掛かります。幕臣の山岡鉄太郎です」

「山岡さぁのお噂は、うちの伊牟田や益満から兼がね伺っておいもす」

「どのような噂でしょうか」

「熱い尊皇攘夷の志を持った、我々の同志だと」

「拙者は幕臣です。確かに尊皇攘夷の志を持っていますが、また佐幕の志も持っています」

「分かっていもす。山岡さぁの苦しいお立場は」

(西郷は何が言いたいんだ?)

鉄太郎は内心、西郷の意図を訝《いぶか》った。

「思えば、多くの尊攘の同志が死んでいきもしたなあ」

「はい」

「一度清河さぁには、お会いしたかったでごわす。残念なことをしもした」

「……」

「もう、これ以上同志が死んでいくのを、見るのは嫌でごわすな」

「はい」

「そうは思いもはんか、山岡さぁ」

西郷は大きな目で、じっと鉄太郎を見据《みす》えた。

(西郷は、江戸城を攻撃したくない、と言っているんだ)

「では、江戸城攻撃をお止《や》めになったら、いかがでしょう」

「そいには条件があいもす」

「条件とは」

「しばし、待《ま》ったもんせ」

西郷は席を外して部屋を出ていった。西郷は別室で同じ参謀の宇和島藩士、林玖十郎《くじゅうろう》と相談し、再び戻ってきた。

「こいでごわす」

西郷は鉄太郎に書面で提示した。それは、以下の七カ条であった。
一、徳川慶喜の身柄は備前池田家へお預けとする。
二、江戸城を官軍に明け渡す。
三、軍艦を官軍に引き渡す。
四、武器を官軍に引き渡す。
五、江戸城内に居住している家臣は向島に移住する。
六、徳川慶喜の妄挙《もうきょ》を助けた家臣を厳罰に処す。
七、さらに暴挙に及ぶ者があれば官軍が鎮圧する。
西郷が短時間で、これだけの条件を揃《そろ》えて提示したことに対して、鉄太郎は
(やはり西郷は攻撃中止を望んでいる)
との思いを強くした。

鉄太郎は七つの条件にさっと目を通した。それらは、ある程度は納得のいくものであった。しかし、ただ一つの条件だけが、どうしても受け入れ難かった。それは、一番目の条件である、「慶喜の身柄の備前池田家預け」であった。

「畏《おそ》れながら、一番目の条件だけは受け入れかねます」

「こいは勅命でごわす」

「何と言われようと、これだけは受け入れかねます」

「勅命に逆らうお積《つも》りでごわすか？」

「ならば貴殿に伺いたい。もし貴殿と拙者が逆の立場で、拙者が貴殿に『島津公の身柄を差し出せ』と言ったとしたら、貴殿は主君である島津公の身柄を差し出しますか」

鉄太郎は臆《おく》せずに言った。ここが正念場であった。

西郷は再び大きな目でじっと鉄太郎を見た。鉄太郎の胆力《たんりょく》を見極めようとしているかのようだった。西郷は思った。

(伊牟田や益満が心酔するのもよく分かる)

「ははは、分かいもした。では慶喜公の身柄については、何とか善処《ぜんしょ》致しもす。今はここまでしか約束できもはんが、いかがでごわす？」

「かたじけない。それでは、その七条件を持ち帰って、検討させて頂きたい」

「分かいもした。良か返事を期待していもす」

急ぎ鉄太郎と益満は駿府を発ち、江戸に向かった。

その後、三月十三日が高輪、十四日が田町と、それぞれ薩摩藩邸で勝と西郷の会談が行われた。鉄太郎は十三日の会談には出席したようだが、十四日の方ははっきりしない。

会談により、慶喜は備前藩ではなく実家である水戸藩への預けとなり、新政府と旧幕府との間で例の七条件の最終的な合意がなされ、十五日に予定されていた江戸城総攻撃は中止となった。そして四月十一日、江戸城は平和裏に新政府軍に引き渡された。

3

山岡鉄太郎とは何者か。筆者は山岡を尊攘倒幕運動の黒幕の一人と考えている。

そう考える理由は、倒幕運動における著名な人物たちが、彼の周囲に絶えず集まっていたからである。例えばこの小説内で触れた人物だけでも、藤本鉄石、清河八郎、伊牟田尚平、益満休之助、間崎哲馬、それから原市之進の暗殺犯である鈴木恒太郎、豊次郎兄弟、依田雄太郎などである。基本的に彼らは「虎尾の会」と、それが発展してできた「尊王攘夷党」のメンバーである。

他にも、前述しているが、例えば水戸天狗党として決起した岩谷《いわや》敬一郎が乱後に逃げてきた際に匿《かくま》い、維新後山岡が口を利いて岩谷を宮内省に就職させている。山岡は明治五年から十五年までの十年間侍従として明治天皇に仕え、その間宮内大丞や宮内少輔を歴任したので、このような口利きができたのであろう。さらに、これも前述した通り、慶応四年に権田直助と落合直亮が岩倉具視に命じられ、関東探索のために江戸に来た際にも、同行していた岩波万右衛門を山岡の下に派遣しているのである。このように山岡と尊攘倒幕派との接点は枚挙にいとまが無い。

ところで筆者は以前より、この山岡鉄太郎という人物が、どうも「一発屋」に思えて仕方がなかったことも理由の一つである。一発屋とは、幕末の最後の瞬間にだけ登場し、それだけで有名になり、称《たた》えられているという意味である。他には、せいぜい文久年間に浪士組の取締役となって、浪士組とともに京に行ったことくらいであろうが、これは慶応四年の西郷との駿府での談判に比べれば、小さいローカルな出来事であろう。

一方、益満一人を伴っただけで東海道を上り、駿府にいた東征大総督府参謀の西郷に会いにきて、江戸無血開城のための七条件を西郷から聞き出したことは、その命知らずの勇気や度胸において、確かにもの凄いことである。だから、のちに西郷が言ったとされ、『南洲翁遺訓』にも収められている「命もいらず、名もいらず、官位も金もいらぬ人は、仕末《しまつ》に困るもの也。此の仕末に困る人ならでは、艱難《かんなん》を共にして國家の大業は成し得られぬなり」という言葉も、その想定する人物は山岡だといわれているのである。

しかし、それにしても、この西郷との会談のイメージが強過ぎるせいか、どうしても

「これ一つだけ」という印象を筆者は受けてしまうのである。

それは明治二十年五月二十四日の叙爵《じょしゃく》を考えると分かりやすいと思う。旧幕臣である山岡鉄太郎と大久保忠寛（一翁）は同じ子爵なのだが、彼らが同じ子爵というのは妥当であろうか。

大久保は山岡より十八歳上で、幕末時には各種の奉行や大目付、会計総裁、若年寄といった要職を務めてきた人物である。また維新後においても、東京府知事や教部少輔、元老院議官などを務めている。一方山岡は維新後、静岡県権大参事や侍従、宮内少輔などを歴任した。『華族』（小田部雄次）によれば、山岡の叙爵には特に維新後の活躍が評価されたという。しかし、維新後の経歴は大久保と山岡はほぼ同じようにみえる。ところが、幕末時の経歴は前述のように大久保の方が遥かに上である。確かに山岡には浪士組での取締役や西郷との会談など役職以外の功績があるが、それなら大久保にも「大政奉還の発案者」という功績がある。大久保は実際の大政奉還の五年前に当たる文久二年に、すでに大政奉還を唱えていたのである。

従って、どうも筆者には両者が同じ子爵なのが、妥当とは思えないのである。筆者の意見は、現在知られている山岡の幕末時の功績に維新後の活躍を加味しても、大久保が子爵であることを考えると、せいぜい男爵くらいが妥当ではないかと思うのである。

なぜ、山岡の叙爵にけちを付けるような話を持ち出したのかというと、つまり山岡にはまだ世に知られていない功績があり、それでも叙爵を検討した明治政府の人々は、その山岡の功績を十分認識していたので、子爵に決まったのではないかと筆者は思うのである。もちろん、その功績とは明治政府内で評価されていることなので、佐幕ではなく尊皇に関する功績のはずである。そこで筆者はその山岡の功績を、尊攘倒幕運動の黒幕としての功績だと考えたのである。

4

なぜ西郷は武力倒幕派になったのか。薩摩藩内では明治維新の直前においても、藩主の父で実権を握っている久光をはじめ様々な藩士たちが、大政奉還などの平和裏な倒幕と武力倒幕との間で揺れ動く中で、西郷だけは薩摩藩の最強硬派として、武力倒幕に凝り固まっていたように思える。その理由を考察してみたい。

まず、この小説では描いていないが、西郷がまだ斉彬に見い出される前の若かりし頃、西郷は郡方書役助《こおりかたかきやくたすけ》として村々を回り、百姓たちの悲惨な暮らしぶりを目の当たりにしている。当時の薩摩藩は他藩に比べて侍の比率が高かったので、当然彼らを養うための年貢も高く七公三民にもなり、そのため百姓の夜逃げ（逃散《ちょうさん》）が後を絶たなかったという。

また西郷は、斉彬の死後に孤軍奮闘して斉彬の遺志を継ごうとするが、その努力も及ばず、井伊大老の安政の大獄によって追い詰められ、僧の月照とともに鹿児島まで逃れて来るが、もはや逃げ切れないと諦《あきら》め、月照と二人で錦江湾に入水自殺を図った。結果、月照一人が死に、西郷は蘇生《そせい》した。しかし藩は幕府の目を恐れて、西郷を奄美大島に潜伏させた。この島で、西郷はサトウキビ栽培に酷使《こくし》される島民の悲惨さを間近に見ている。

このような体験を経て、西郷は貧苦に喘《あえ》ぐ民衆の悲惨さを我が身のことのように思い、世の中の矛盾を強く意識して、武力倒幕に傾倒していったのだと筆者は考えている。また、心酔した主君の斉彬が領民を慈しむ姿を見て、若き日の西郷は大いに得るところがあったと思われるが、このことも西郷の武力倒幕の決意に大きく影響したであろう。

次に、この小説の中でも描いたが、西郷が武力倒幕派になった理由の一つとして、筆者は中岡慎太郎の影響を考えている。中岡は武力倒幕論者として、よく坂本龍馬の大政奉還論に対して引き合いに出されるが、この中岡は薩長同盟の締結前の慶応元年辺りに頻繁に薩摩に行き、薩長同盟締結に向けて西郷を説得している。その際、中岡が想定する薩長同盟は武力倒幕を念頭に置いたものだと思われ、そしてその前提として武力倒幕論の支持が不可欠なので、恐らく中岡は、西郷に武力倒幕の必要性を大いに説いたと思うのである。

この中岡の武力倒幕論はどこから生じたものであろうか。中岡に限らず全ての土佐藩出身者には、土佐藩特有の階層意識、つまり厳然たる上士と下士の区別が、多かれ少なかれ影響していると思われる。その中で特に中岡は、この矛盾に大きな怒りを覚え、強く世の中の変革を望んでいったのであろう。また中岡は土佐藩を脱藩した後、長州藩との繋がりが強くなるが、その中で吉田松陰の教えに強く共感し、その影響で武力倒幕に傾倒していったことも窺われる。すると西郷も間接的にではあるが、多少なりとも松陰の影響を受けているといえるかもしれない。

三つめは、平田国学の影響である。西郷は若かりし頃、斉彬の江戸出府の従者として江戸に行った際、『気吹舎日記《いぶきのや》』によれば平田門の学舎である気吹舎を、計四回（嘉永七年四月十四日、安政二年五月二十五日、同年十一月二十九日、安政三年二月十一日）訪問している。西郷自身は入門していなかったようであるが、少なくとも平田国学に興味を持ち、多少なりとも影響を受けていることを窺わせるものである。また、特に慶応三年に江戸三田の薩摩藩邸に集った薩邸浪士たちは、平田門人であったり、あるいは平田国学の影響を受けた人が多いが、これなども西郷と平田門との繋がりを窺わせるものである。

そして重要なことは、この平田門人の中には、古《いにしえ》の天皇によって統治された日本に戻すために、武力倒幕を断行する必要があると唱える、過激な者たちがいたことである。例えばこの小説に登場する松尾多勢子などもそうである。また武士たちが如何《いか》に無能であるかを訴え、そのような無能な武士ならいなくなった方がいいとする矢野玄道《はるみち》のような者たちもいた。そして、このような過激派に属する者たちが西郷に接触し、世の中を変革するには武力倒幕しかないと、西郷を説得したのではないかと思うのである。

では西郷は武力で幕府を倒した後、何をしたかったのであろうか。西郷は体制の変革をし、四民平等な世の中、つまり均《なら》しの世を作りたかったのだと筆者は考えている。なぜなら、前述のように西郷の武力倒幕論は民衆への慈しみから発生していると、筆者は考えているからである。また、西郷は聖書を読んで平等意識に目覚めていたことも関係しているであろう。とにかく従来の身分制社会を維持するのであれば、誰が天下を取るかは別にして、ただ大政奉還を受け入れればよく、何も武力倒幕を画策する必要は無かったのである。

さらに、西郷は自身が天下を取りたかった訳でもなく、また主君である島津忠義や、その父である久光に天下を取らせたかった訳でもなく、天皇に天下を取らせたかった訳でもないからである。西郷は、尊皇攘夷は討幕のための方便だと自分で言っている。すると残りは民衆しかおらず、結局民衆に天下を取らせたかったとしか考えられないのである。

従って、西郷が世直しを望んでいたのであれば、実は積極的に相楽の年貢半減にも賛意を示していたのだと思う。西郷はわざわざ鹿児島への手紙においても、年貢半減について言及しているが、これなどは西郷が年貢半減に喜んでいた証拠だと、筆者は思うのである。

では相楽が朝廷や東山道総督府から度々、帰洛命令を受けていたにもかかわらず、幾度か出頭はしたものの、結局は最後まで嚮導隊を率いての帰洛が行われなかった理由は何だったのか。筆者は西郷が相楽に「京に帰ってはならない」「江戸まで進軍し、貴方《あなた》たちが江戸城を落とせ」と命じていた可能性もあると考えている。ただしこの小説では西郷と伊牟田は相楽に帰洛を勧めているが、西郷の勧め方は弱々しく、まるで進軍を黙認するかのようである。このように、西郷は相楽にはっきりと命令するのではなく、黙認した可能性もあると思う。しかし西郷の命令か黙認かいずれにせよ、西郷の意向が反映しているとでも考えないと、相楽があれほど進軍に固執した理由が他には見い出せないのである。

つまり、西郷は相楽たち草莽に天下を取らせたかった。そうすれば必然的に年貢半減も行われ、世の中の体制も変革されると、西郷は考えたのではないだろうか。だから西郷にとって相楽たち赤報隊（嚮導隊）は、かつて中岡から説明された奇兵隊、すなわち人民軍と同じだったのであろう。人民軍が勝利し、人民が成し遂げてこそ、真の革命である。

また慶応四年の五月末に突然西郷は江戸を発って京に向かい、そのまま鹿児島に帰ってしまう。まだ戊辰戦争のさなかであるにもかかわらずである。このように西郷は急速にやる気を無くし、鹿児島に隠棲《いんせい》したいと考えるようになる。世を儚《はかな》んだ厭世《えんせい》的な漢詩も作るようになる。これはまさに、西郷が相楽たち草莽の死を悼《いた》んだからであり、だからこそ、これは西郷が草莽たちに期待し、支援していたことの現れだと筆者は思うのである。

5

慶応四年、四月。江戸城の無血開城後、旧幕府は江戸の治安維持を官軍側から要請されていた。その江戸市中取り締りの相談を、鉄太郎は勝の家でしていた。

「しかし、こう跳《は》ねっ返りが多いんじゃ困るねえ」

勝が溜息交じりに鉄太郎に言った。

「はい」

鉄太郎が相槌《あいづち》を打った。鉄太郎は生来寡黙《かもく》で、必要なこと以外あまりしゃべらなかった。

「俺たちがどれだけ苦労して江戸の街を戦火から守ったか、あいつら全く知らねえんだよ」

勝が茶を啜《すす》った。この頃江戸の街では、旧幕府の旗本や御家人、それに会津藩や庄内藩など佐幕系の親藩や譜代藩の藩士たちが、むざむざ江戸城を官軍に引き渡すのは不忠、あるいは臆病だとして各所で暴れ回っていた。だから江戸の治安は極度に悪化していたのだ。

「大方《おおかた》の不平分子は、近藤や土方と一緒に甲府か、または大鳥圭介らと一緒に宇都宮辺りに追っ払ったんだがな。あいつら雨後の筍《たけのこ》みてえに、次から次へと出てきやがる」

「勝先生、これは戦に発展するかもしれません」

「親の心子知らずっていうか、まあしょうがねえな。馬鹿は死ななきゃ治らねえな」

言い終わると、勝は腕組みして遠くを見つめた。毒舌とは裏腹に、無念の思いが表情に現れていた。

「では、勝先生。拙者は市中の見廻りがありますので、これで」

鉄太郎は立ち上がろうとした。その時、勝が思い出したように言った。

「あ、そうだ山岡さん。あんた、小島さんとこの跡取りを知ってるよな」

「小島さん？」

「ほら、確か相楽総三とかいう名に変えたっていう」

「あ、はい。小島四郎さんですね」

「そうそう。その小島四郎は、処刑されたんだってな」

「はい、伺っております。何とも残念なことです」

　鉄太郎は沈痛な顔をした。相楽の死を聞いて以来、鉄太郎の胸中には何ともいえない、苦い思いが巣《す》くっていた。

「その相楽が何をして死罪になったのか、詳しいことは俺は知らねえ。だけど、すぐそこのご近所だから、色んな話が伝わってくるんだよ。何でも誰かが、相楽の遺髪を実家の小島家に届けたらしいんだ。相楽の血がべっとりと染み付いたものだったらしい。それを見た相楽の奥方は、大層悲しんだそうだ。それで悲嘆にくれた奥方は、幼い我が子の養育を義父と義姉に頼む手紙を残し、死装束《しにしょうぞく》をまとい、短剣で咽喉《のど》を突いて死んだらしい」

「――」

　鉄太郎は絶句した。まさか自分が相楽を誘ったことが、そんな災難を招くとは思いもよらなかった。自分なりに信念を持ってやったことだが、なぜか涙が溢《あふ》れてきた。相楽の処刑は、ある意味仕方がなかったかもしれないが、奥方までが幼子《おさなご》を残して死を選ぶとは。

「無理もねえ、まだ若かったからな。気立ての良い、器量良しの奥方だったよ」

勝は昔を懐かしむなのように、再び遠くを見つめた。

五月十五日、鉄太郎と勝が恐れていた戦が、ついに江戸で起こってしまった。旧幕府側の彰義隊と官軍が戦った上野戦争である。この戦争は激戦であったが、アームストロング砲など兵器に勝る官軍が一日で勝利した。益満休之助はこの戦いの際に流れ弾に当たり、横浜の野戦病院で治療を受けるも、その傷がもとで五月二十二日に亡くなった。

伊牟田尚平は、何やら藩と揉《も》めて慶応四年四月に脱藩し、六月には北越征討軍に編入されたが、十五日夜に近江長浜の商家へ押し入り、二十四日に捕縛された。そして取り調べを受け、翌明治二年に、脱藩と強盗傷害、殺人の罪で斬首され、京の粟田口《あわたぐち》で梟首された。

益満と伊牟田の両人とも、陰謀によって消されたとする説が囁《ささや》かれている。それでも益満の場合は戦争中のことなので、本当に流れ弾に当たったのかもしれないが、しかし戦争中の混乱のさなかであれば、銃殺することは簡単だともいえる。

だが伊牟田の場合は、なぜわざわざ慶応四年の四月に脱藩し、前年の慶応三年の江戸擾乱《じょうらん》の頃ならともかく、なぜ慶応四年の六月に強盗に入るのか。またそもそも藩と何を揉めたのか。といったように不明の部分が多く、それだけ陰謀の可能性が高いと思う。

ともあれ、相楽総三も伊牟田尚平も益満休之助も死んだ。こうして多くの犠牲と矛盾を生じつつ、明治維新は成し遂げられた。

西郷が世直しを託《たく》した、草莽である相楽は新政府によって打ち倒され、新政府から草莽勢力は排除された。そうして日本は、将軍に代わって天皇が直接統治する国へと生まれ変わった。江戸時代以前も、常に（形式的とはいえ）天皇は将軍の上に存在していたのであり、明治維新とはいっても単に天皇の下に将軍（幕府）を置かなくなったというだけに過ぎない。その意味では、明治維新は革命とはいえない改革のようなものであった。

草莽諸隊は、相楽たち嚮導隊や一仙たち高松隊に限らず他の隊も、「偽官軍」とほぼ似たような罪状や、あるいは長州の奇兵隊のように反乱を起こした廉《かど》で解隊させられている。従って相楽たちの悲劇は、全ての草莽たちの悲劇のほんの一部に過ぎなかったのである。

もし相楽たち草莽が、殺されずに官軍の一部として進軍して明治の世を迎えていたら、どうなったであろうか。政府が官尊民卑に陥《おちい》ることもなく、また四民平等が徹底した世の中になったであろうか。いや筆者は遅かれ早かれ、どこかの時点でやはり草莽たちは追い落とされたと思う。明治の世になって早々に、それまでの特権階級が華族として、そのまま温存されることになったからである。そうして天皇と華族によって強固に支配された明治憲法下の日本では、草莽（民衆）の権利は著しく制限されたものになっていった。

ただし、相楽たちが処刑されずに官軍の一部として評価され、明治の世で政治家や官僚や軍人としてそれなりに活躍していれば、いわゆる江戸擾乱《じょうらん》作戦における「御用盗事件」といったものは、存在しなかったかもしれないと思う。相楽たちが朝敵や国賊といったレッテルを貼られなければ、軍資金を強奪されたと訴える商人もなく、むしろ積極的に軍資金を提供したと商人たちは言っただろうと思うからである。逆にいえば、相楽たちは朝敵・国賊とされたから、「強盗」の罪まで背負わされてしまった。それほど、朝敵・国賊とされることは重大なことだったのであろう。要するに「勝てば官軍、負ければ賊軍」ということなのだが、これは前述の田中愿蔵と高杉晋作の比較と似ていると思う。

その意味で、明治維新とは「朝廷による朝廷のための改革」であったといえる。「朝廷」を「天皇と華族たち」や「支配階級」に置き換えてもいいだろう。実際に戊辰戦争を戦った官軍側の兵士たちは藩士や浪士、百姓、町人たちであったが、彼らは「尊皇」の二文字の下に戦ったのであるから、「朝廷による」と表現して差支《さしつか》えないと思う。

しかし明治維新は、できれば「民衆による民衆のための革命」にするべきであった。もしそうなっていれば、日本は明治時代には民主的な国家になっており、その後史実のような軍国主義に陥ることもなく、様々な戦争によって多くの国民が塗炭《とたん》の苦しみを味わうことも無かったか、あるいは苦しみが大幅に軽減された形になっていたかもしれないと思うからである。その辺りは、また別の機会に述べさせて頂きたいと思う。

主要参考文献（本文中に書名を掲げなかったもの）

『夜明け前』島崎藤村（岩波書店）／『幕末の志士』高木俊輔（中央公論社）／『幕末維新変革史（上・下）』宮地正人（岩波書店）／『歴史のなかの『夜明け前』』宮地正人（吉川弘文館）／『伊那尊王思想史』市村咸人（下伊那郡国民精神作興会）／『松尾多勢子』市村咸人（大空社）／『維新の信州人』信濃毎日新聞社編／『旅のなくさ都のつと 松尾多勢子上京日記』松尾多勢子（下伊那郡教育会）／『山岡鐵舟先生正傳 おれの師匠』小倉鉄樹師顕彰会／『定本 山岡鉄舟』牛山栄治（新人物往来社）／『鉄舟随感録』安部正人編（国書刊行会）／『山岡鉄舟 幕末・維新の仕事人』佐藤寛（光文社）／『清河八郎』小山松勝一郎（新人物往来社）／『清河八郎の明治維新』高野澄（日本放送出版協会）／『新選組』大石学（中央公論新社）／『史伝 桐野利秋』栗原智久（学習研究社）／『実録天誅組の変』舟久保藍（淡交社）／『幕末暗殺史録』中沢巠夫（奥川書房）／『真木和泉』山口宗之（吉川弘文館）／『武藤外記昌通（上・中・下）』坂名井深三／「武藤外記昌通」坂名井深三『近世の学芸』三古会編（八木書店）／『直入郡全史』北村清士編／『直入郡誌』直入郡教育会編（名著出版）／『波山始末』川瀬教文著 史談会編／『天狗党始末記』上村健二（善本社）／『水戸天狗党』田中真理子・松本直子（講談社）／「小松帯刀報告」『鹿児島県史料忠義公史料（三）』／『西郷隆盛（上・下）』井上清（中央公

論社）／『陸援隊始末記』平尾道雄（中央公論社）／『中岡慎太郎』宮地佐一郎（中央公論社）／『中岡慎太郎と坂本龍馬』寺尾五郎（徳間書店）／『防長回天史 第四篇下（第六）』末松謙澄／『維新史の再発掘』高木俊輔（日本放送出版協会）／『相楽総三・赤報隊史料集』西澤朱実編（マツノ書店）／「新発見史料「小島四郎上書」を解読する」西澤朱実『別冊歴史読本 幕末維新大戦争』／『飯田武郷翁伝』坂本辰之助（明文社）／『御用盗始末記』栗原隆一（學藝書林）／『勝海舟全集一九』勝部真長・松本三之介・大口勇次郎編（勁草書房）／『勝海舟』松浦玲（筑摩書房）／「伊牟田尚平」川畑利久『鹿児島歴史研究（二）』鹿児島歴史研究会／「益満休之助傳」川畑利久『鹿児島歴史研究（三）』鹿児島歴史研究会／「実説益満休之助」村野守治『敬天愛人（五）』西郷南洲顕彰会／『太田市史 通史編 近世』太田市編／「維新前後経歴談」板垣退助『講演速記録』維新史料編纂会／『板垣退助君傳記』宇田友猪（原書房）／『無形 板垣退助』平尾道雄（高知新聞社）／『山内容堂』平尾道雄（吉川弘文館）／『後藤象二郎と近代日本』大橋昭夫（三一書房）／「明治維新の光と影」松尾正人『日本の時代史二一』（吉川弘文館）／『偽勅使事件』藤野順（青弓社）／「武藤家文書に見る小沢一仙関係書簡について」宮川雅義『甲斐路（三六）』山梨郷土研究会／『博徒の幕末維新』高橋敏（筑摩書房）／『清水次郎長』高橋敏（岩波書店）／『黒駒勝蔵』加川英一（新人物往来社）／『徳川慶喜』松浦玲（中央公論社）／『高橋泥舟』岩下哲典編著（教育評論社）

【著者略歴】
山本盛敬（やまもと　もりたか）筆名。本名は小林民彦。
１９６８年横浜生まれ。歴史作家、歴史小説家。大学卒業後、自動車メーカーに入社し、十年間勤務。退社後、早稲田大学大学院アジア太平洋研究科修士課程修了。
【著書】
『小説 横浜開港物語
佐久間象山と岩瀬忠震と中居屋重兵衛』
『西郷隆盛 四民平等な世の中を作ろうとした男』
『英明と人望 勝海舟と西郷隆盛』
『立ち上がる民衆
相州荻野山中陣屋襲撃から自由民権運動へ』
（いずれも発売:星雲社、発行:ブイツーソリューション）

民衆による明治維新
西郷隆盛と山岡鉄太郎と尊攘の志士たち

2018 年 1 月 22 日　初版第 1 刷発行
著　者　山本盛敬
発行所　ブイツーソリューション
〒466-0848 名古屋市昭和区長戸町 4-40
電話 052-799-7391　Fax 052-799-7984
発売元　星雲社
〒112-0005 東京都文京区水道 1-3-30
電話 03-3868-3275　Fax 03-3868-6588
印刷所　藤原印刷
ISBN 978-4-434-24135-2